U0013232

by Sophia

Sophia作品集08

We Decided to Love

花開之時，請留步

01

藍天清朗無雲。

微風徐徐。

適合散步的下午三點半。

趙君諾將視線從窗外拉回正前方，留著厚重瀏海架著不合臉型的大尺寸粗框眼鏡幾乎看不清長相的女人一臉平淡地盯著他瞧，他不知道時間流逝了多少，至少對他來說，從踏進這間約莫四坪大小的房間起，分與秒的概念就混亂了。

「能讓我跟趙先生單獨相處幾分鐘嗎？」

「可以、當然可以。」

趙君諾有些無奈地望向滿臉笑意、點頭如搗蒜的母親，她一邊起身一邊重複著「要多久都行、要多久都行」，拍了拍他的背之後便轉身離開房間，門被帶上的突兀響音擴大了隨之而來的沉默。

也強調了「獨處」的意味。

他的注意力再度回到眼前的女人身上。

老師。

他媽媽是這麼稱呼她的。

但他想，跟他一般習慣的「老師」概念應該是截然不同的方向。

趙君諾淺淺地吸了一口氣，空氣中飄送著若有似無的玫瑰香氣，大概是來自擺在左邊角落的水氧機，間斷飄送的水霧營造了某種飄渺神秘感，除此之外刻意調暗的鵝黃色燈光和厚重的暗紅色絨布窗簾都帶有迷惑的意味，不過女人的面前就簡簡單單擺著一張深咖啡色的木桌，白皙纖細的手自然的擱在桌上交疊，除此之外什麼都沒有。

墨老師。

他媽媽在短短十分鐘內幾乎要把他的個人資訊全數掏出擺在這張木桌上，但相對他取得的訊息極端不平衡的稀少，這位是墨老師，墨老師很厲害的，然後就沒了。

於是趙君諾只能抬起眼盯視著眼前這個「很厲害的墨老師」。

明明半小時前拉著他出門的母親嘴裡說著的是「這麼好的天氣就應該出門散散步」，好吧，散步就散步吧，但東拐西繞走進了怎麼看都不適合散步的小巷弄，最後他就被強行塞進一棟三層樓公寓的二樓邊間裡，然後就這樣了。

趙君諾以為認命地去相親就是極限了，沒想到在三次相親無果之後母親會改道找上算命師，他蹙起眉，他很清楚母親不是迷信的人，但對於他的婚事大概也把母親的極限給逼出來了。

他確實處於適婚年齡，但換個角度來說剛滿三十歲的他其實一點也不需要著急，畢竟社會對一個男人還是相對寬容的；只是當母親的同學朋友們的小孩相繼結婚生子，他的單身就成了一件刺眼的存在。

大概，趙君諾有點無奈的想著，從某一個時期起他在母親的眼裡已經不再是「我家的兒子」，而是「我家的單身兒子」——

「你知道為什麼自己會坐在這裡嗎？」

女人突然打破沉默。

她的聲音很淡，讀不出特別的感情起伏，方才在母親面前擺出的溫和態度也悉數消卻，用著有些散漫的語調，女人鬆開交疊的雙手，站起身走向右側的角落，怡然自得的拿起玻璃水壺自顧自的倒起水來，最後慵懶的倚在牆角似笑非笑的盯著他。

「我說這是伏特加你信不信？」

她晃了晃手中灌進半滿透明液體的玻璃杯，淺淺啜飲了一口，最後勾起輕佻的笑容，像是帶著某種蓄意，將杯子放到木桌上時發出了不容忽視的碰撞聲。

「你信不信不重要。」她說，趙君諾在昏暗的光線下沒辦法看清藏在厚重鏡面底下的她的眼睛，「因為不是給你喝的。」

「妳想說什麼？」

「字面上的意思。」

趙君諾脾氣稱得上好，但這不代表他願意和眼前的女人浪費時間，讓他來也來了，要獨處也獨處了，就算結果不讓人滿意，至少遂了母親的意。

他站起身，「費用我會照付，請妳就告訴我媽一切順其自然。」

「當然。」

女人輕輕的笑了，但非常刻意，簡直像是帶有惡意一樣。

「感情的事當然是順其自然，但所謂的自然是什麼呢？」女人往前走了幾步，狹小的空間裡很輕易就抵達對方所在的位置，「努力去追尋不自然嗎？還是說，趙老師總是告訴學生『什麼都不必做，待著，就那麼待著，人就能得到自己想要的東西』，呵，那人生還真是輕鬆愉快呢。」

趙老師。

女人用極為嘲諷的口吻拖曳著這三個字。

她抬起手，指尖輕輕刮過趙君諾的左臉頰，但在他撇開臉之前就移開手，彷彿有些不快的在他的棉質上衣抹了抹，但中途卻又摸了摸他的胸口。

趙君諾不悅的退了一步。

「趙老師身材挺好的。」女人似乎有激起所有人怒氣的強大能力，但在趙君諾不發一語轉身的同時，她又涼涼的拋出聲音，「你說，你媽媽會比較相信你還是相信我？」

「妳想做什麼？」

「我只是有點好奇。」

「想斂財嗎？」

「不是，不管你信不信，我很正派的，我連開運商品都不賣，單純，就是看你不順眼。」

趙君諾很難形容自己此刻的心情。

他不知道面前的女人懷抱著什麼樣的想法，母親其實是個謹慎也不怎麼迷信的人，所以就算聽見母親去算命他也不會阻止，但眼前這個從頭到尾都沒拿出占卜道具、也沒特別說上什麼話的女人，讓人感覺非常不舒服。

「所以呢？」

「你阻止不了你媽的，因為你的本身就是問題的起源，或者核心，但我卻是那個『握有解決方法的人』。」女人曖昧的揚起唇角，「就算當著你的面，我也有的是辦法能讓她下次單獨過來，然後你說，我應該做些什麼呢？」

「妳到底有什麼理由這樣對待一個陌生人？」

「怎樣？」女人偏著頭擺出認真思考的模樣，「我說了我很正派不會斂財，也沒有任何傷害人的意思，純粹是看你不順眼，只是我說呢，人的感情越純粹，就越讓人難以招架。」

女人越過他轉開了門。

一聽到動靜趙君諾的母親就立刻走過來，方才全身惡意的女人這瞬間居然充滿祥和平靜，卻斂下唇邊的笑輕輕的嘆息。

「老師，我們家君諾……」

「凡事都有解，但也要身處其中的人願意去解……」

不說完的話最有餘韻。

但趙君諾似乎低估了眼前女人的惡意，她瞄了他一眼，又輕輕的嘆了口氣。

「老師這是——」

「小萌，把今天的費用退還給趙太太吧。」

「既然沒能幫上忙，我當然不能收這個費用，請回吧。」

一個長相可愛的男孩拿著信封袋走了過來，也沒有交給有些倉皇無措的趙媽媽，而是帶著笑塞進趙君諾的手裡。

「阿姨請回去吧。」

「老師，那下次我再過來吧。」

小萌竄進了縫隙擋住趙媽媽，走了兩步之後女人又旋過身重重的吁了口氣，沉默隨之而來，她看了看右邊又望了望左邊，吊足了眾人胃口之後才發出極緩的聲音：

「趙太太，妳來多少次都沒有用的，問題不在妳身上，當然答案、也就不會讓妳得到。」

說完，她就轉身走進房間內，乾乾脆脆的關起門，彷彿要阻斷門外的一切紛擾一般，絲毫不在乎門外的紛擾事實上是她胡亂掀起的。

「阿姨，」男孩帶著笑溫柔的喊了情緒有些低落的趙媽媽，連一眼也沒有望向就在旁邊的趙君諾，「您不用太擔心，老師都說了問題可以解決，只是必須讓當事人親自面對，無論是再親再近的人都不能負擔起另一個人的人生，今天就請兩位先回去吧。」

接著男孩連一分拖泥帶水都沒有便轉身踏進房間，自始至終都沒有給過趙君諾一個眼神，他不自覺捏緊了手中的信封袋，旋身望向那扇緊緊闔上的門扉。

我不會再踏進這裡。

離開之前趙君諾堅定的告訴自己。他絕對不會讓一個陌生女人隨意玩弄，而且還找不到任何合理的理由。

□

踏進門後的蘇芸陌毫無形象的伸了個懶腰，她有預感，強烈的預感，賭上所有「墨老師」的名譽，小萌絕對會衝進來痛罵她一頓。

看吧。

門被狠狠的推開，又被無情的甩上，砰的一聲，幾分鐘前還笑得甜膩膩的可愛少年這瞬間簡直就像地獄來的勾魂使者，死板板的瞪著蘇芸陌。

「妳到底知不知道下個星期就要繳房租啊！」

「晚、晚上不是還有客人嘛……」

「妳以為一組客人就能讓妳吃飽喝飽了嗎？」

小萌拉開椅子粗魯的坐下，嘖嘖嘖，美少年這樣好嗎？但蘇芸陌當然不敢發表任何意見，剛剛面對趙君諾的強大氣場簡直像是場夢。

她討好的望著小萌，如果有尾巴她絕對會拚命的左右搖晃。

「我保證，接下來絕對、絕對會好好的工作的。」

「神棍的保證能信嗎？」

「每個客人都說我很準的好不好，」才剛挺起胸但一迎上小萌的瞪視蘇芸陌就又縮了回去，「相信我嘛……」

小萌無奈的吐了一口長長的氣。

他實在不能理解蘇芸陌的腦袋裡究竟在想些什麼，明明就是一個聰明到可以左右人心的傢伙，但總是做出愚蠢到家的事來。

而且蘇芸陌任性，真的是說不出的任性，說她不斂財，好，他也沒打算斂財，就是讓蘇芸陌聽聽客人的煩惱，給出一點似是而非的建議，所謂的人生指引不就這麼一回事嘛，畢竟由旁人來看至少能得到不同的思考角度，不要指手劃腳也不要試圖干預就好。

當然負責任的蘇芸陌通常很認真的提供幫助，至少念了四年心理系也多少回饋一下社會，他們也不賣任何商品，嚴格說起來，「墨老師工作室」的定位就是「用命理師的身分提供無牌的心理諮商」，幫助迷惘的顧客找尋當前困境的出口，而且收費還相當合理，遇到經濟狀況不佳的顧客還會豪爽的打折，不管從哪個角度看都是良心事業，而且是不顧自己經濟狀況的那種良心事業。

但良心太大顆絕對會成為問題。

只要發現自己提供不了協助，又或者顧客根本鬼打牆不求改變只想砸錢買心安，蘇芸陌就會客客氣氣的請人離開，甚至還把錢悉數退還，小萌覺得蘇芸陌腦袋一定有洞，而且還是無底洞，幫不上忙大不了讓人下次不要再來了，至少她都把對方的苦惱憤怒有的沒的認真的聽了，怎麼樣收個基本的聊天費用也是理所當然吧。

然而溝通無效，任性到底的人就會開始耍無賴，惱羞成怒就是在講蘇芸陌這種人，久了小萌也就咬牙吞進去了，這世界就是這麼不合理，比較在乎的那一方同時意味著籌碼比對方少。

「所以這次又是怎樣？」

蘇芸陌小心翼翼的望著以相當霸氣的姿勢坐在椅子上的小萌，明明掛著一張天真無邪的可愛臉龐，浪費，這樣揮霍美感絕對會遭天譴。

但她想如果自己不好好安撫小萌，在他遭天譴之前她就會先被滅掉。

「我之前……見過那個男人。」

「妳要直接講重點，還是連重點都不需要講？」

小萌好可怕。

蘇芸陌嘟起嘴，但小萌的體內成分沒有同情沒有憐惜也沒有任何一點愛護小動物的感情，他隨手掏出口袋裡的面紙連招呼都不打就砸向蘇芸陌的腦袋。

這就是為什麼這張佔據大量面積的木桌上沒有擺放任何物品的根本理由。

「他是阿皓學校的老師。」

「又是那個死小孩。」

小萌的煩躁簡直到了極點，他實在不知道為什麼蘇芸陌會那麼偏愛那個三百六十度不管怎麼看都很普通的死小孩，這不是比喻法，小萌真的曾經拎起人家衣領還讓人懸空旋轉了幾圈，但他怎麼都想不透，由於想不透也就找不到防堵的方法，於是只能任由蘇芸陌和死小孩三天兩頭惹麻煩。

「也不全是因為阿皓嘛……」

「妳現在是打算挑戰我的忍耐力嗎？」美少年冷冷的勾起笑，讓蘇芸陌整個背脊都染上寒意，「妳應該最清楚我的體內沒有那種東西。」

蘇芸陌不自在的嚥了口唾沫，男人冷淡而充滿忍耐的臉滑過她的思緒，小萌不會有耐心聽完一個故事，但她卻拉不住自己的飄遠，儘管鄰居少年是她和趙君諾最初的接點，但更深的印象卻來自於偶然。

蘇芸陌見過趙君諾兩次。

明明是沒有交集的兩個人，但「趙君諾」這個名字她卻意外的熟悉，一年來三不五時就會更新他的狀態，來源通通都是住在隔壁的高中生阿皓。

起因很簡單，一個可愛的女孩。

當然蘇芸陌知道阿皓的陷入愛情與從失戀泥淖爬出的速度非常人能比擬，讓她常常搞不清楚現在談論的究竟是小芳還是小花，但這其實不很重要，她只是覺得高中生單純的喜歡很可愛，偶爾還會跟阿皓偷偷潛入學校偷看故事的女主角，強化兩個人討論的畫面感，直到一年前趙君諾的出現。

「那個女生說她喜歡像化學老師那樣的男生。」

趙君諾的初登場伴隨著阿皓的眼淚，沾染著滿滿的戲劇化，少年抽抽搭搭的吸著鼻子，一邊形容著「化學老師」的形象，高高瘦瘦，有點冷淡，說話很有條理，但考試題目總是出得很難，她不知道這該屬於平面或者立體，至少對當時的蘇芸陌而言，每間學校都會有一個受女孩們歡迎的類似的年輕男老師。

然而第二個女孩再度以相同理由拒絕了少年。

「我喜歡趙老師。」

聽說女孩連一秒鐘的猶疑都沒有就拋出了這句話，這次阿皓沒有哭，也沒有吵鬧，整個人透著一股「既然輸給化學老師我也沒有辦法了」的頹喪氣息，蘇芸陌只好又陪了他打了一個晚上的電動，但在她連路慘輸終於差點獲勝之際阿皓突然切斷了電源。

「陌陌姐，妳是女人吧。」

「你現在的小小質疑我可以理解為是你失戀後的精神混亂，所以會大發慈悲的原諒你，但我是女人這一點請你牢牢記住，請務必記得比你是男人還要牢固。」

「那妳可以去看看化學老師嗎？」

「什麼？」

「我想知道為什麼女生們都喜歡化學老師。」

蘇芸陌其實很想告訴他，少女的喜歡跟一個成熟女人的喜歡往往是不同的，況且對於一個年輕帥氣又透著成熟感的「老師」有時更多的是憧憬，很多時候女孩的愛情和憧憬是混淆的，而憧憬總是來自於不可觸及的距離感。

只是蘇芸陌沒有拒絕，畢竟她被歸類跟高中少女同一邊了啊，這讓她覺得整個世界都美好起來了，何況不就是見個面，也不是多麼困難的一件事，於是她便和阿皓潛入學校去見那個「傳說中的化學老師」。

當然，不是一般人理解的那種「見到」，正確來說是蘇芸陌和阿皓蹲在草叢裡「見到」站在走廊被學生纏住的趙君諾。

「陌陌姐也喜歡化學老師這種類型的嗎？」

「不喜歡。」蘇芸陌蹙起眉，「我喜歡粗獷一點陽剛一點的男人，那傢伙太文弱了，而且皮膚太白，但的確是高中女孩子喜歡的樣子。」

「是喔……」

「可是我覺得女孩子們對他的喜歡應該比較像喜歡偶像那樣吧，只是離得比較近所以跟愛情搞混而已，但真正的愛情是不會被取代的，你要有信心。」

「好吧……」

從那次之後趙君諾出現在兩個人話題的次數逐漸減少，蘇芸陌幾乎要將這個與她無關的人拋諸腦後時卻又再次闖進了她或許不應該在的場景。

有趙君諾。還有一個留著中長髮的制服少女。

「老師，我、我喜歡你——」

「既然知道我是妳的老師，妳就不應該來跟我說這些話。」

「我知道會讓老師覺得困擾，可是我……我只是想讓老師知道我的喜歡……」

「在考慮自己的喜歡之前，妳應該先學會站在對方的立場思考，既然妳知道會對我造成困擾，但還是這麼做了，在我看來，那就是自私。」

「我……」

我想沒有一個女孩會預料到自己好不容易遞送的喜歡得到的會是一個自私的評價，趙君諾的表情冷冷的，沒有足以被辨別的情緒，即便是女孩在幾次眨眼之後再也承受不住淚水的重量，他的神色依然沒有任何動搖。

好殘忍。

趙君諾最殘忍的並不是他的話語，而是他的冷淡，彷彿女孩的喜歡以及女孩的淚水激不起任何波瀾，彷彿女孩鼓起勇氣遞送的一切對趙君諾而言什麼也不是。

最後他抬起腳步離開了。

留下扯著衣襬默默哭泣的少女。

蘇芸陌當然明白趙君諾說的話是正確的，偶爾人的殘忍是必須的，但當她視線落在女孩抖動的肩膀時，卻還是揚起了些許不快。

並不是每個人都能夠承受這些殘忍。

無論是對的，或者錯的。

而這樣的男人得不到愛情，因為他既不想得到也沒有想給出的意思，對蘇芸陌而言愛情其實是兩個人之間的聯繫，這邊和那邊，兩方都必須願意伸出手，這跟有沒有遇上對的人沒有關係，單純只是一個人願不願意去抓住另一個人。

所以蘇芸陌不意外趙君諾的態度，她也沒有打算干預，只是他的冷淡勾起了那天的畫面，女孩隱隱的哭泣讓她感到很心疼，也很不快。

既然他讓她不愉快，那麼她也讓趙君諾不開心那也是剛好。

她筆直的注視著小萌，語氣不自覺堅定了許多：「那傢伙交不到女朋友的啦，所以把他趕走也是應該的啊。」

「既然這樣為什麼又要刻意暗示他單獨過來？妳說啊！沒事找事嗎？」

「那種冷淡的傢伙打死都不會來的啦，反正就讓他媽在他耳朵邊碎碎唸煩死他，哼哼，我很聰明吧！」

「妳現在是在笑嗎？沒賺到錢很開心嗎？」小萌又從另一邊口袋掏出一顆薄荷糖，兇猛的朝她額頭砸去，「既然有可以浪費的聰明，就拿來想辦法填滿妳那充滿破洞的存摺！」

「小萌——」

「不要叫我。」

小萌惡狠狠的瞪了她一眼，一點繼續探究的意願也沒有，再度以不符合可愛美少年外貌的粗魯姿態殘暴的甩上門。

留下終於可以大口喘氣的蘇芸陌。

「活著真好。」

終於鬆一口氣的蘇芸陌懶散的癱坐在辦公椅上，伸出腳點著地讓自己轉啊轉的，腦中不經意浮現趙君諾的臉，鼻子滿挺的，一雙眼睛滿深邃有神的，皮膚很好，身材也還不錯，整體來說還算可以，高中老師不僅是正當職業而且還是公務員，說話的聲音也滿順耳的，而且被她這樣挑釁也沒翻臉脾氣應該算得上好——

「所以一定有什麼隱疾……」

「嘖嘖嘖，太糟糕了，實在太糟糕了——」

□

趙君諾已經兩天沒有回家了。

自從離開那棟老舊的公寓之後，他媽媽就以一種想超渡自己兒子的姿態苦口婆心的勸說趙君諾誠心的去找墨老師幫忙，無論他找了多少理由、用了多少說法，都打消不了母親想超渡他的執念。

越靠近漩渦越可能被捲帶進深不見底的混亂，趙君諾一點也不想陷入混亂，最簡單的方法就是設法遠離中心點。

於是他只好逃家。

「從來沒有叛逆期的趙君諾居然兩天沒回家，還不接媽媽電話，真是，我們家君諾終於長大了呢。」

「你就繼續幸災樂禍吧。」

「當然要繼續，這麼難得的機會總是要好好把握。」

鄭品叡興味盎然的瞅著眼前繃緊臉的男人，兩天前他以蠻橫的方法闖進他家順便宣告「借我住幾天」，還不由分說的把手機塞往他耳邊，讓他不得不花上一小時安撫趙媽媽；儘管他也很不客氣的把所有家事丟給趙君諾，但一想到趙媽媽連他都想順便超渡，他的小鼻子小眼睛就通通冒出來了。

「不然這樣吧，就跟他們說我和你在交往，這樣我媽和你媽就會徹底死心了。」

趙君諾冷冷的笑了。

這傢伙還是太小看他們媽媽的執念了。

「我媽和你媽曾經很不小心的在我家客廳大聲聊天，內容大概是『就算孩子喜歡的是男人也沒關係，總是能認養個孩子嘛』，所以，你抓到重點了嗎？」

「幸好我有弟弟。」

鄭品叡毫無同情心的揚起愉快的笑容，拿起水杯但在喝之前又想起了什麼，「但你媽說的墨老師是誰啊？相親對象嗎？」

趙君諾不由自主的蹙起眉。

墨老師。

他對那個女人的印象簡直壞到極點。

「神棍。」

「算命師嗎？」鄭品叡喝了口水，理解的點了點頭，「也是，畢竟可以嘗試的方法都做過了，也只剩下神秘學了，就去啊，反正做做樣子比你逃家還要省事吧，花錢消災，買個招桃花的符咒安你媽的心啊。」

「本來我也是這麼想的。」

「後來呢？」

「但那個女人根本就是個變態。」

「什麼意思？」

趙君諾仔細的思考過了，那傢伙挑明不打算斂財，甚至還乾脆地把費用全數退回，而且也不朝他媽媽下手，而是意有所指的需要他單獨過去，不管怎麼想都找不到理由，唯一的線索就是她那句果斷的「看你不順眼」。

也就是說，那女人寧可放棄賺錢的機會也要想辦法整他，以防萬一趙君諾還拚命搜索記憶，說不定自己曾在哪個瞬間得罪了她，但是沒有，他的腦海裡沒有一絲關於那女人的影子，她和他完完全全就是陌生人。

為了整一個陌生人花費那麼大的力氣除了變態還有誰會那麼做？

只是他沒有打算向鄭品叡說明，他八成會理解成「說不定人家對你一見鍾情所以想盡辦法要和你有更多的機會相處」，趙君諾自認沒有那麼遲鈍，絕不會錯認那女人濃烈的惡意。

根本就是站在路中央結果牆自己跑來撞他。

「總之等到我媽打消念頭我就會回去了。」

「我是不介意啦。」

「不要用那麼討人厭的口氣說話。」

「我們家君諾今天真是暴躁，平常明明很溫柔的。」鄭品叡湊近他，抬起手勾住趙君諾肩膀，「害我都不敢告訴你，前天因為被你吵起床，我有點生氣就把你的電話傳給同事了，就是對你很感興趣的那一個。」

「你這傢伙——」

「不過你對那個算命師反應有點大呢，該不會是你對人家一見鍾情吧？」

「你說對一個瀏海不知道多久沒剪，戴著遮掉半張臉的粗框眼鏡根本看不清長相的女人一見鍾情？」趙君諾冷冷的哼了聲。「連臉都看不見了，怎麼一見鍾情？現在想想她全身上下都是問題，這種裝扮擺明就是不想讓人認清楚她吧。」

「愛情沒有那麼膚淺，有時候是感覺，你懂嗎？一碰上就知道『啊、就是你了』的那種感覺。」

「我不想浪費時間討論你荒謬的想像。」

「好吧。」鄭品叡理解的點了點頭，「雖然我對於你居然能鉅細靡遺的形容一個陌生女人感到相當不尋常，但我不會追問，絕對不會追問，更不會向趙媽媽透露半點訊息。」

這簡直是威脅。

從小到大趙君諾不知道吃了多少悶虧，只要鄭品叡抓著一點尾巴接著在他媽面前勾勒一個「好像很合理」的故事，他就必須咬著牙收拾殘局；但鄭品叡也不是沒事找事做的人，通常是報復，又或者、試圖逼趙君諾妥協。

「你想做什麼？」

「牙咬這麼緊對身體不好。」鄭品叡輕輕拍了趙君諾的臉頰，「跟我同事吃一頓飯吧，就是很碰巧得到你的電話號碼那一個同事，等等，先不要生氣，有我在啊，三個人，而且我保證我絕對不會中途離席，也不會要你送她回家。」

「理由呢？」

「我幫她安排一場約會，呃，我指的是飯局，她也會回饋我一場飯局。」

也就是說，為了女人鄭品叡簡單就把兄弟賣了。

趙君諾不耐煩的推開黏在他身上的鄭品叡，煩躁的瞪了他一眼隨後丟下「我出去了」，但這就代表他妥協了。倒也不是由於威脅，畢竟趙君諾的個性強又有點固執，不肯讓步的事就算受再大的壓力也不會退讓，鄭品叡扯了扯嘴角，趙君諾大概是願意忍受一場不喜歡的飯局而讓他有和喜歡的女人相處的機會吧。

「真是傲嬌呢。」鄭品叡拿起手機，撥出了熟悉的號碼，「既然如此，我也不能沒有回報才是。」

02

蘇芸陌安靜地端詳著眼前的男人。

健康的小麥膚色將他的濃眉大眼襯托得更加炯亮有神，如果走爽朗陽光青年的路線應該會相當得心應手，偏偏此刻他唇角上揚的角度要說多輕佻就有多輕佻，雖然不惹人厭但一般人要取得「輕佻的完美角度」也不是件容易的事，所以蘇芸陌將心底的警戒程度又往上調了一級。

無論如何，這個男人絕對不是「客人」。

「請問，你今天坐在這裡的理由是什麼呢？」

「真是爽快呢。」男人讚賞的點了點頭，從皮夾掏出一張名片推到蘇芸陌的桌前，「我是鄭品叡，當然妳不會認識我，不過我想妳應該認識趙君諾。」

嘖、那傢伙。

原來不只是不留情面的冷淡鬼，還是記恨又卑鄙的傢伙，居然找代打來踢館，蘇芸陌冷哼了聲，有些不悅的靠在椅背上，既然來者不善她也就沒有必要擠出和善來。

「所以呢？」

「墨老師的態度真是轉換自如呢。」蘇芸陌不小心翻了個白眼，但她還是選擇無視男人輕快口吻中明顯的諷刺，「雖然我確實是想弄清楚妳和趙君諾之間有什麼過節，但那不是為了解決更不是要替他出頭，單純只是想判斷我和妳是不是有可能成為盟友。」

「盟友？」蘇芸陌來回審視著眼前笑得很和善但總透著濃濃算計感的爽朗男人，「我其實對趙君諾沒有太大的興趣，我和你的基本立場是不同的，簡單一點來說，不是盟友，更可能是你、有求於我。」

「跟太聰明的女人對話壓力果然不是普通的大呢。」

男人朗朗的大笑出聲。

蘇芸陌瞄了一眼名片上的名字，鄭品叡，她一向非常敏銳，而且不會隨意放過細節，眼前的男人顯然在算計些什麼卻不帶惡意，況且，他明顯知道她和趙君諾有過「小小的摩擦」，而趙君諾不應該是會四處嚷嚷或者抱怨的類型，也就是說，眼前這傢伙和那個冷淡鬼關係親近，而且是好的那種親近法。

所以現在的狀況是「和趙君諾關係好的傢伙想要算計他」？

嗯，怎麼感覺好像很有趣。

思緒跑過一輪之後蘇芸陌突然勾起淺笑，這讓鄭品叡有些警戒，說不定對方只是聽到「聰明的女人」這個形容後心情變好罷了，但他很清楚這是自欺欺人，說不定來錯了，但也、說不定滿有趣的……

於是鄭品叡也愉快的揚起笑。

「那麼，請鄭先生簡單的說明一下來意吧。在合理的範圍內，也許，我會提供協助呢。」

「是這樣的，墨老師妳也知道我們家君諾呢實在很讓人擔心……」

這傢伙的演技也不是普通的好，從精明的狐狸立刻跳到打從內心擔憂朋友的角色，但他並沒有一口氣把內容掏出來，而是像拋出餌，正大光明的等著蘇芸陌上鉤。

她可以拒絕的。

拒絕對很多人而言是相當困難的一件事，但這不包括蘇芸陌，因為她清楚人性，一旦以自己的忍讓成全對方，得到的往往不是感激，而是得寸進尺。

「但擔心他的人並不包括我。」蘇芸陌纖長漂亮的食指輕輕敲打著木桌，「鄭先生，我喜歡有趣的事情，但我對趙君諾的興趣沒有大到會咬上你的餌，吊胃口這種事，是對著有食慾的人才會產生效果。」

「是我的失誤。」鄭品叡很乾脆的收回表情，又回到起初那張戲謔的表情，但眼底彷彿多了些深度，「我今天來是替趙君諾求姻緣的。」

「趙先生的手沒有張開，再多的姻緣擺在他面前他也接不住。」

「所以我打算稍微『積極』一點的掰開他的手，」鄭品叡臉上的笑容更深了些，傾身向前，「當然，可以選擇任何讓墨老師會感到『愉快』的方法，我會全力配合，只要結果是我期望的就好。」

「這不是我能給的承諾。」

「我明白，無論成敗我都會付出應給的酬勞，妳不需要感到負擔，就當作是一份，令人愉快的工作就好。」

蘇芸陌頓了幾分鐘，眼前男人的提案似乎很有趣而且也不是做白工，她抿了抿唇，半小時前小萌又暴走了一次，最近他只要翻開存摺就會失控，看來她還是認真積極一點比較恰當。

絕對不是因為小萌那句「數字再往下減少我就把妳抓去賣」。絕對不是。

「我需要情報。」

「要多詳細就給妳多詳細。」

「有前置作業嗎？」

「墨老師真是比我想像的更加厲害，有，當然有，這個星期日中午我替他安排了一頓午餐，對方是開朗積極的都會女子。」

「備案呢？」

「還有三名候補，任何類型的巧遇我都可以想辦法設計。」

「那麼，」蘇芸陌瞇起眼，「我也會進行我的前置作業，這也需要你幫一點、小忙。」

□

「我可以坐這裡嗎？」

女人話問得相當客氣，但行為卻截然不同，相當乾脆的拉開椅子坐下，還自顧自的倒了水來喝，甚至在他開口之前已經向服務生點了一杯熱紅茶。

趙君諾蹙起眉，冷冷的瞪視著眼前彷彿遲鈍到毫無所覺的女人，但他更願意相信對方只是無視自己的不快。

「旁邊多的是位置。」

「但這個位置氣場最好，你知道，我是做這一行的。」

「那就讓給妳吧。」

「我需要一點陽氣。」蘇芸陌悠哉的喝著檸檬水，看著神情不佳的趙君諾，也許他並不如她以為的那樣冷情，但更可能是自己真的很會惹人生氣，畢竟看看小萌就知道，在外人面前小萌可是比趙君諾還要冷淡無情又不留餘地。「雖然我不是很喜歡你，但不會否認你純淨的陽氣。」

再這樣下去，蘇芸陌就真的要變成神棍了。

「妳需不需要跟我沒有關係。」

「雖然你不信，但我確實是有靈感的，但不是什麼受上天眷顧或是被神選中的子民，單純是我的體質幾近純陰，我知道你討厭我，但我個人不喜歡你的程度應該不亞於你，要不是逼不得已也不會湊到你面前的。」蘇芸陌稍微抬起頭，適逢生理期的蒼白連假裝都不需要，「今天是月圓之夜，而且這陣子我身體不是很好，說不定會撐不下去，平常有小萌，就是你看過的那個可愛的男孩，但他今天學校有活動，我只好自己四處找陽氣設法沾上一些。」

雖然是隨口胡謅，但蘇芸陌自己越聽也越覺得十分有說服力，她若有似無的嘆了口氣，既沒有擺出懇求，也不流露一絲迫切，輕輕滑過的只是無奈，並且是早已接受了這一切的無奈。

站起身的趙君諾無言的再度坐下。

大概，這跟他信或者不信沒有關係，而是眼前的女人確實看起來相當憔悴，但她卻沒有積極的拉住他，如果自己離開也許她就會設法再找下一個合適的人，反正只是併桌，要說損失也稱不上，何況這麼偶然的碰上她，應該也不是什麼陰謀。

「雖然我還是不喜歡你，但是謝謝。」

「妳沒有必要一直強調妳不喜歡我，我很清楚的感覺到妳全身散發不喜歡我的氛圍。」

「我只是習慣把話說清楚，世人的遲鈍與愚昧遠遠超出我的想像，任何一個人都有會被迷惑的區塊，就像是視線銳利的人踏進瀰漫濃霧的森林裡同樣看不清四周一樣；所以為了避免任何想像或者延伸，我會把話說得明明白白，明白到讓對方連『說不定她只是欲擒故縱』的幻想都不可能存在。」

她可是把話說清楚了。

但不是「不喜歡他」這部分，而是「視線銳利的人踏進瀰漫濃霧的森林裡同樣看不清四周」，蘇芸陌可是好好的提醒他了喔。

大多數的人，即便是多疑的人，在所謂「偶然」裡頭都會不由自主的鬆懈下來，更遑論面前的人擺出脆弱的模樣，更會讓人隱約產生自己站在強者的這一方，而強者往往都會有一種大意，認為弱者沒辦法擊敗自己。

於是便開了一道縫隙足以讓對方踩進。

趙君諾再度坐下的瞬間，蘇芸陌就已經一腳踩過了他的警戒範圍，而接下來，只要若無其事往核心走去就好。

「真討厭月圓之日。」

「妳討厭的東西還不是普通的少。」

我可沒有跟你搭話喔，任誰聽起來都像自言自語喔，雖然我只是可憐兮兮的捧著馬克杯，又有點哀怨的嘆氣，但從頭到尾我都沒有想跟你攀關係喔。是你自己來搭話的喔。我一點也不會有罪惡感，而且又不是要害你，是要讓你這個冷淡鬼得到溫暖的愛呢。

做完心理建設的蘇芸陌瞄了眼表情依然平板的趙君諾，退一萬步來說，他確實散發著獨特的氣質，很能勾起少女心的那一種；況且越難得到的就越讓人想得到，趙君諾應該也會被歸類在那一類，只是蘇芸陌很早就知道，能不能得到的決定者並不是努力的那一方，而是握有東西的那一方。

啊、真是，越來越討厭趙君諾了。

「因為我比大多數的人還要直率，喜歡就喜歡，不喜歡就不喜歡，而不是遮遮掩掩彷彿把頭扭開事實就不見了一樣。」

她說得沒錯。

趙君諾看著她蒼白的臉，一開始就將濃濃的惡意毫無顧忌的拿出來，就算需要他幫忙也沒有搖尾巴拜託，我需要你的幫忙但我還是不喜歡你，但你幫了我當然我會認真的道謝，雖然眼前的女人讓他相當不快，但說真的，趙君諾並不討厭蘇芸陌。

「妳這種人一定沒辦法融入群體。」

「嗯，」蘇芸陌爽快的點頭，「小萌說我缺乏社會化。可是我既不傷害人，也沒有想從這個社會得到什麼，就算完美的融入，也沒有太大的必要。」

「反正當算命師就算特立獨行一點也無所謂。」

「你在安慰我嗎？」

安慰嗎？

趙君諾眼神閃了閃，卻沒有打算追究自己，「不是。」

「不過，」蘇芸陌重重的吐了口氣，撇撇嘴擺出不很情願的表情，「你都借我陽氣了，我也不能沒有任何表示。」

她放下馬克杯，抬起眼認真端詳著趙君諾，期間還伸出食指抬正趙君諾的下巴，偶爾蹙眉偶爾又像在沉吟，最後還撥開趙君諾的瀏海碰了碰他的額頭。

「妳想做什麼？」

「回報。」蘇芸陌有些嫌棄的嘖了聲，明顯散發出「你以為我願意嗎」的氣息，「人的命運不外乎因果二字，所以我受人恩惠一定會設法回報，但要不要收下選擇權在你。總之呢，我用我虛弱的身體用力的看了一下，你呢，什麼都挺順的，就是姻緣……」

「怎樣？」

「即使桃花滿開，你不願伸手承接，再豔再盛，最終也只是和入黑泥，桃花，也就只是桃花。」蘇芸陌攤開手，「只有落在掌心的，才會得到可能。」

「落在手裡就不是桃花了嗎？」

「當然還是，只是你可以做成押花，可以釀成酒，入進菜，那一切都不一樣了，就算你只是抓起來看看又往下扔，那朵桃花，之於你呢，或者之於桃花本身呢，也還是有所不同。」

「這就是墨老師的開示嗎？」

趙君諾語氣有點冷，類似的話他也不是第一次聽了，就連他媽媽也叨唸過幾次，對他而言一切的算命占卜都是如此，道理是對的，話搞得曖昧又似是而非，無論他接下來面對什麼處境採取什麼動作都可以套用，當然準，把所有可能都包進去的言論怎麼會不準。

「做人有耐心一點好嗎？」蘇芸陌皺了皺鼻子，要不是一開始就知道這傢伙很難搞，她早就抬腳踹他了，「我看到你最近有桃花，很近，不是路邊自然開的那種，比較像有人剪下桃枝送到你面前，而且不只……後面還有，間隔很短，啊、你最近桃花滿開，真討人厭，真不想告訴你，可是不行，這樣我會衰，啊反正，裡頭有一個是真愛啦。」

蘇芸陌鼓起臉頰，一臉「要信不信隨便你反正我說了」，一口灌下已經涼去的紅茶，甩開頭不打算繼續理會趙君諾。

趙君諾信嗎？

不信。他以為自己能夠堅定這麼回答，但不知怎麼的，他發現自己不知道從哪一個瞬間起就不那麼懷疑蘇芸陌了，而她擺出「你不信就算了我本來就不是很想讓你知道」的賭氣表情更是消弭掉大量的猜忌，更何況，後天確實有一場不得不赴約的午餐……

真愛。

趙君諾覺得在蘇芸陌的全部話語裡最不信的就是這兩個字。

「我要回去了。」

「要送妳嗎？」

蘇芸陌瞇起眼，小鼻子小眼睛的瞄著他，「我不是你的桃花，就算釀成酒你也喝不到。」

「因為妳不是我才問的。」

「嗯……」

「妳看起來很虛弱。」趙君諾不知道自己為什麼要解釋，而不是乾脆扔出「不要就算了」，「我不喜歡幫忙幫一半。」

「你人意外的還不錯，但我還是不喜歡你。」

□

蘇芸陌的移動速度非常慢，但也不是身體虛弱的那種慢，而是她彷彿對周邊的一切都很有興趣，於是走幾步路就把趙君諾晾在一旁，自顧自的研究起路邊的東西。

剛剛是蹲在地上觀察睡在角落的花貓，現在是停在路燈下抬頭不知道認真在端詳什麼，也許是繞著飛的蟲，也許是光影，又也許是街燈的本身。

趙君諾當然不會掌握「快速帶蘇芸陌回家」的技巧，總之就是扯著她一路往前走，斷絕她分心的機會；但他也沒有催促蘇芸陌，他告訴自己反正他也不趕時間，就由著蘇芸陌走走停停。

「街燈有什麼好看的。」

「那些蟲好笨，一直往燈罩撞，明明痛過一次兩次就應該學到教訓了，但好像沒有放棄這回事，真的很笨，可是這樣不知放棄的笨到最後讓人有點難過。」

蘇芸陌突然回過頭，筆直的望向趙君諾。

「你知道我為什麼討厭你嗎？」

「不知道。」

「我見過你。」蘇芸陌眨了幾下眼，像是要辨認眼前的趙君諾，「我看見你被學生告白，然後你乾脆的拒絕之後離開了，就算那個女孩子哭了你也沒有給出任何安慰，她在原地哭了很長一段時間，我一直站在旁邊，在她終於走了之後我也還是站在那邊……我知道你沒有錯，甚至你做了比多數人更加正確的事，人的想望只要有一點什麼就會膨脹，你這樣做對那個女孩最好，我很明白，因為一直以來我也是這麼做的，可是我開始討厭你，就算你只是個陌生人我也還是討厭你……然後我想到我自己，也開始討厭起自己……」

「既然沒有做錯，那就好了。」

趙君諾也是這麼對自己說的。

從很小的時候他就處於不斷被誤解的狀況之中，即便拚命說明自己的用意卻沒有人聽得進去，人們只相信自己願意相信的事實，久了，他也就不解釋了。

然後他像是被包裹在一層薄薄的霧氣裡，那層霧氣也許是一種集體想像，荒謬的卻是在他放棄解釋之後眾人開始替他揣想各種解釋，彷彿想要得到一張「我比其他人更瞭解趙君諾」的貼紙，卻也只是將自己的想像強加在他身上。

所以對於那些所謂的愛，趙君諾其實並不那麼追求，他更想要的，也許是一種理解。

由那個人來告訴自己，沒有關係，你已經做得很好了；但他遇過的人們裡頭，大概也只有鄭品叡一個不會將自己的以為安放在他身上。

「小萌也是這樣說的。」蘇芸陌扯了唇角，但懸在半空的笑卻達不到笑意，「可是人的感情沒辦法切那麼開，因為不想傷害別人所以傷害了自己，有時候我覺得這麼做實在是太笨了，但一想到對方也許會承受的折磨，卻又覺得，沒關係，因為我比別人堅強，而且我知道怎麼上藥怎麼包紮，但傷口畢竟是傷口——」

蘇芸陌旋過身，又繼續往前走，「比蟲還要笨。」

「是很笨。」

但聰明和愚笨又是誰來界定呢？

攤放在世人面前的不過是一張薄薄的表面，藏蘊在之中、在深處的一切，又能被看見多少呢？

「到這裡就好了。」

「嗯。」

蘇芸陌停下腳步，踩在光影的交界旋過身抬頭凝望著眼前這個陌生卻由於聽聞太多而異常熟悉的男人，忽然有那麼一瞬間，蘇芸陌覺得他其實是個不錯的人。

所以，才會擁有真心替他擔心的家人和朋友吧。

「如果不確定眼前的那朵桃花是不是自己要的，又擔心自己掌心的溫度左右了對方，至少先拿個盤子來裝，給自己多點時間來考慮。」

「這是送妳回家的回報嗎？」

「送人回家不應該期待回報，特別是送有點可愛的女人。」

蘇芸陌輕輕笑了，儘管趙君諾依然看不清她的樣貌，卻能感受到她真心實意的愉快，可愛的女人，這傢伙還真說得出口。

「我先走了。」

「嗯，」蘇芸陌應了聲，但在趙君諾轉身的同時她以不輕不重的語氣緩慢的扔出話語，「不試著去愛的人，不可能得到愛。」

趙君諾的步伐有一瞬間的停滯，極為短暫卻彷彿擴大成一種不容忽視的頓點，他沒有回應甚至沒有旋身，就只是繼續了他的離去。

然而人的質變，往往也就源自於那細小的頓點。

推開門時晃動的鈴聲輕輕敲擊著趙君諾的意識，他跟著鄭品叡踏進布置成鄉村風格的歐式餐廳，接著被笑容可掬的服務生領到窗邊的座位，四人座的位置擺放著三個水杯，而等著被填滿的位置恰好在他的正前方。

「不要板著一張臉，雖然你本來就走這個路線，不過面對女性，還是友善一點比較好。」

「我盡量。」

「很好，盡量就非常好。」

鄭品叡有些詫異的睜大眼，儘管趙君諾的回答依然不情不願，但這確實是他給過的最和善的態度了，板著一張臉整場不開口是還算簡單，吃到一半就藉口離席他也做過（雖然那次見面的女人吃了不少趙君諾的豆腐），最不留情面的是趙君諾在點餐前先挑明「我是被迫才出席，對妳一點想法也沒有，就算一起吃了飯之後也不會有」，由此可見他那句「我盡量」有多麼讓人震撼了。

此刻他實在很想膜拜墨老師。

「你今天，心情很好嗎？」

「還好。」

確切的細節鄭品叡並不知道，他和蘇芸陌之間處於相當不對等的狀態，縱使他是付出酬勞的那一方，但同時也是有所求的那一方，所以他必須提供大量的訊息，卻無法要求蘇芸陌同樣回報細節；她只是大略的告知何時她會採取行動，但主因還是想確保鄭品叡不要擾亂。

就蘇芸陌的立場來看，鄭品叡過度積極到讓人覺得十分麻煩。

當然趙君諾不會知道這些，而他即便好奇到想立刻衝到蘇芸陌面前問清楚、最好順便掌握「讓趙君諾聽話」的絕竅，他也不能過度探問，沒辦法，趙君諾很敏銳，一旦被察覺就離成功越遙遠。

女主角登場了。

趙君諾很平淡的介紹了自己，但女主角顯然是有備而來，絲毫都不介意他的冷淡，畢竟鄭品叡事前準備做得非常好，徹底建設了同事的心理，更別說趙君諾破天荒的配合，差點讓鄭品叡湧生了「我家孩子終於能嫁出去」的欣慰。

「鄭品叡這幾天一直替我做心理建設，說你個性比較冷淡，而且很不好聊，但今天看來，他是先把你的形象壓低，然後等見到本人之後不小心就加了好幾十分。」

「我是他說的那樣沒錯。」

「真是謙虛呢。」

張妍如抿著唇笑了，由於鄭品叡的緣故她見過趙君諾幾次，卻總是匆匆一瞥連招呼都沒打過，她試探過幾次，但每次都不了了之，沒想到這次鄭品叡主動安排了飯局，這讓她的信心翻了幾倍。

而且靠那麼近看，趙君諾長得真的很好，五官端正，組合起來透著一種文藝氣息，雖然皮膚白了一些，但卻增加了某些特殊魅力，雖然話不多但卻能感覺到他的內涵，不管怎麼看都是上選，思緒翻轉過一圈後張妍如更加積極的展現魅力了。

「像趙先生這麼有魅力的男人，怎麼會沒有交往對象呢？」

因為沒有攤開掌心。

趙君諾差點就這麼回答了。

整場午餐他確實非常配合而且時刻提醒自己要接話，理由卻不是餐桌上的女主角，而是那個連臉都看不清的女人。

所以他試著，把自己的手打開。

「感情需要一點時機。」

「聽起來有點命中註定的那種浪漫呢。」

張妍如興味盎然的注視著趙君諾，一開始積極炒熱氣氛的鄭品叡同樣興味盎然的瞧著面前的「風景」，只是被兩個人同時注目的主角注意力卻定格在右前方服務生的側臉。

非常面熟的男孩。

直到男孩替客人添完水，轉身往趙君諾的方向走來，他才看清迎面而來的人正是那個被稱為小萌的男孩。

小萌也發現趙君諾了。

說發現也不對，一開始他就知道趙君諾會被帶到這裡來。

為了填補財務的大黑洞他不得不兼差，餐廳是蘇芸陌指定的，並不是要他插手，單純只是蘇芸陌不怎麼相信外人，而且鄭品叡是趙君諾親近的人，他的立場絕對帶有偏頗，因此蘇芸陌需要另外的資訊來源進行交叉比對，除了小萌也沒有其他人選了。

「幫三位加一下水。」

「你——」

「不要亂攀關係，我不認識你。」

「個性還真是一模一樣。」

「你要我把你這句話視為挑釁還是毀謗？」

「你們認識嗎？」被列為觀察對象之一的張妍如跳進了對話，「啊、是趙先生的學生嗎？真是可愛呢。」

小萌冷冷的看了她一眼。

要不是知道蘇芸陌這次的目的是讓趙君諾掉進戀愛的陷阱，小萌早就翻臉了，他最討厭那種裝熟攀關係又自以為很有吸引力的女人；小萌轉開視線，絲毫不打算理會她。

「現在的小孩真是率性呢。」

率性。

趙君諾望向眼前的女人，藏匿在紅唇笑容底下的更多的應該是不悅吧，但為了保持形象不得不忍耐，卻又想往小萌拋出一些惡意，便迂迂繞繞的以「率性」來包裝「不禮貌」；如果是那個女人應該會直白的抱怨對方不禮貌吧，雖然趙君諾明白張妍如的表現才稱得上是「成熟」，但成熟的代價卻是一層層的包裝。

他突然沒有繼續搭話的心情了。

睜大眼盯著的鄭品叡當然察覺到了。

「時間差不多了，君諾其實手邊很多事要忙，午餐這兩小時是特地抽空的呢。」鄭品叡真不愧是「成熟大人」的代表，信手拈來就是圓滑的說辭，「所以今天就由我護送妳回去，妳不會嫌棄我吧？」

「我能嫌棄你嗎？」

「當然不行。」

張妍如又說了些什麼，紅唇以挑逗的方式優雅的開闔，其實趙君諾喜歡乾乾淨淨的女人，但他想，所謂的乾淨更近似於一種直率，對他而言最勾人的並非迂迴的誘惑，而是筆直的將情感拋擲在他的胸口。

也許是他過於奢求了。

「你站在門口做什麼？」

「不用工作嗎？」

「沒看我手上拿著菜單嗎？」

「墨老師，今天有空嗎？」

「沒有，只要是你都沒空。」小萌嘖了聲，想要走回餐廳卻彷彿想起什麼一樣，臉上的不情願比上一刻更深，「陌陌在遛狗，工作室附近的公園，順便買午餐給她，隨便買就好，她比狗還好餵，你不要期待我，我沒錢。」

「你叫小萌是嗎？」

「孟，四聲孟，我姓孟，小最好也拿掉，孟同學，或是阿孟，除此之外的稱呼都不要考慮。」

趙君諾聳了聳肩。

抬腳正要離開時卻又聽見小萌的聲音：

「牽著兩隻狗然後你喊『陌陌』會回頭的那個就是她了。」

□

趙君諾提著速食店紙袋繞了公園一圈才明白小萌的話意。

沿途他碰見的路人都很「普通」，既沒有厚到有點誇張的瀏海，也沒有戴著遮去大半張臉龐的粗框眼鏡，更沒有穿著像吉普賽旅人的人物；於是他又走了一圈，這次他特別注意「遛著兩條狗」的年輕女人。

只是假日遛狗的女人實在……有點多。

「陌陌——」

趙君諾喊了三個人得不到反應之後開始思索「小萌整人的機率」，但一個連話都不太願意和他說的男孩，實在想不出有整他的理由。

他只好鎖定第四個目標。

眼前的女孩牽著兩條狗繩，左邊是棕色柴犬，右邊是皺巴巴的巴哥犬，趙君諾只看得見女人的側臉，卻更偏向一個女孩的印象，沒有染燙的黑色及肩長髮隨意綁成兩束甩在背後，沒有化妝也沒有眼鏡，但卻透著某種熟悉感——

不是蘇芸陌，是小萌……

眼前的女人跟小萌長得有點像。

「陌陌——」

女人抬起頭，慢了兩拍才回頭。

第一瞬間趙君諾迎上蘇芸陌幽黑水亮的大眼睛，她微微側著頭，像是在思考「為什麼這傢伙會出現在這裡」，但這世間大多的事光憑思考是得不到答案的。

「小萌讓你拿午餐給我嗎？」

「你們串通好的嗎？」

「午餐。我肚子餓了。」蘇芸陌很不客氣的將狗繩塞進他的手裡，換走他抓著的紙袋，自顧自走到前面的長椅坐下，「你認不出我的，除了小萌以外你不可能有其他資訊來源。」

只是蘇芸陌猜不透小萌讓他提著午餐來的理由。

遮住長相主要是為了增加說服力，即便她的本質沒有改變，但人總會被表象左右，面對長相可愛感覺稚嫩的蘇芸陌，顧客的信任感就大打折扣，蘇芸陌討厭以貌取人的人，卻不能抗拒這種現實。

但久了，小萌覺得這樣也好，至少蘇芸陌打工的時候不會被認出來，厲害的墨老師四處打工聽起來實在很掉價。

「狗叫什麼名字？」

「阿柴跟小巴。」蘇芸陌咬著漢堡，抬起腳輕揉著巴哥犬的小肥肚，「我記不起來牠們的名字。」

「不是妳的狗嗎？」

「代客遛狗，順便可以運動，你如果有類似的工作也可以找我。」

「算命呢？」

「沒有你想的那麼好混。」

「因為妳三不五時就把錢退還給客人嗎？」

「不要踩人痛處。」蘇芸陌瞪了他一眼，覺得不夠又補了一眼，「你很閒嗎？」

「還好。」

蘇芸陌後知後覺的想起趙君諾午餐去見桃花這件事，湊近了些果然聞到沾染上襯衫的食物香氣，以香氣的濃度判斷他應該離開餐廳不久，也就是說他連送對方回家都沒有，果然很麻煩，當事人本人不願意配合絕對是全世界最麻煩的事了。

「我聞到桃花的味道，而且是很貴的桃花。」

「妳說的是高級香水吧。」

「不是，」蘇芸陌吸了吸鼻子，「是高級餐廳的食物味。」

趙君諾居然笑了出來。

這傢伙真是，趙君諾一時衝動居然抬手揉了揉蘇芸陌的頭，卻被果斷的拍掉，他才意識到自己的唐突，卻想著道歉也許會顯得尷尬，在猶豫之間她卻踢了他一腳。

「不要把我當小孩。」

「妳多大了？」

「沒有禮貌的傢伙，為人師表可以問女性年紀嗎？」

「因為妳看起來年紀很輕，一不注意就把妳當成我的學生了。」

「勉強原諒你。」

「原來缺乏社會化的人也還是喜歡聽社交辭令。」趙君諾似笑非笑的盯著蘇芸陌，她一邊瞪著他，一邊以粗魯的方式將最後一口漢堡塞進嘴裡，「我還不知道妳的名字。」

「不告訴你。」

趙君諾沒有追問的意思，待在蘇芸陌身旁讓他無來由的輕鬆，不需要維持什麼形象，不用斟酌所說的話語，即便不小心吐露了什麼她也不會想抓著藉此索要其他的感情，甚至連單純的親近感她都彷彿不在乎，對蘇芸陌而言，她沒有想要給趙君諾什麼，也就不會想從趙君諾手中得到什麼。

非常簡單。

只是如此簡單的事卻那樣困難，有太多人即便不打算給對方什麼，卻依然試圖從對方身上得到東西，那是一種貪婪。

「桃花呢？」

「比起桃花，我可能更喜歡更簡單普通的花。」

「也算有進展。」蘇芸陌伸了個懶腰，很沒有形象的打了個呵欠，「至少你有方向了。」

「我不明白為什麼每個人都希望我去追求愛情。」

「怕沒有人陪你面對往後的人生，希望你符合社會的幸福框架，要你傳宗接代，每個人都有每個人的理由和想像，當然也包括你自己。」

「我沒有這種想像。」

「那是你的事，愛情本來就是極為個人性的問題，要或不要決定權在你，但你阻止不了其他人的想像，特別是你的母親，將在乎的人擺進看似幸福的框架中會使人安心，這是最簡單明快的路徑，除非你找到其他讓她安心的路線。」

「妳呢？」

「我沒有想把我塞進框架裡的人。」

「不是，我是指妳追求這些嗎？」

「我？」蘇芸陌想了一下，拍了拍阿柴的頭，接著明快的給出答案，「我有小萌了。」

□

隔了一星期趙君諾終於結束離家出走，他想自己好歹也去見了鄭品叡介紹的對象，母親多少會放過他才是，但他太輕率了，也太小看母親的執念了。

這期間趙媽媽似乎又不死心的跑去找蘇芸陌，她當然還是老話一句「本人來才有用」，但似乎是有些心軟，還是「不經意」透了口風——

「老師真的很厲害，跟你說多少次王阿姨家那個從來沒交過女朋友的大兒子，去過幾次就成了，現在都已經在準備婚禮了。」趙媽媽很興奮的抓著趙君諾，「老師說了啊，你最近桃花大開，只要你稍微積極一點就會有機會，跟你說了多少次，男孩子要主動一點，一直說沒興趣沒心情，你沒有跟人家接觸怎麼知道喜不喜歡。

「你最近就多見幾個女人，媽媽那些朋友們都很喜歡你，搶著要幫你介紹，順便讓品叡也幫幫忙，老師說了，這一年你的正緣會出現，錯過了就要再等好幾年——

「君諾啊——」

趙君諾咬著牙，眼前彷彿晃著蘇芸陌那張略顯稚嫩的臉龐帶著乾淨卻透著滿滿惡意的笑，用著無奈的聲音嘟囔著「我只是實話實說」，他深深呼吸，期間還灌下了整杯冰水，拿出全部的意志力來抵擋母親的超渡。

他不應該那麼快把旅行袋裡的衣服歸位的。

「對了，我都忘了。」趙媽媽像是突然想起什麼一樣從抽屜裡翻找出一個茶色信封袋，「墨老師說啊，因為感受到我滿滿的誠意，所以她破例替你畫一張桃花符，老師特別交代了，只能你自己看，參透了就化掉。」

趙媽媽把信封塞進他的手裡，接著抬起眼，以非常期待的眼神深深注視著他，那眼神深到讓趙君諾領悟，如果他不立刻拆開信封，他就會成為全天下最不孝的兒子。

「我去房間看。」

「好、好，快去快去，總是要有點時間參悟老師的開示。」

趙君諾僵硬的點頭，極為勉強的扯開微笑，盡可能和緩自然的走進房間，帶上門的瞬間他的表情立刻垮了下來，抿著唇有些煩躁的撕開信封袋。

裡頭只有一張對摺的白紙。

趙君諾絲毫不猶豫的攤開紙張，下一秒鐘他卻感覺自己太陽穴旁的青筋正活潑的跳動。

白紙上頭只寫了一行字——

「拿甜甜圈來換你的安寧。」

這就是墨老師的開示嗎？

如果把這張紙拿到他媽媽的面前說不定能消弭他媽媽對蘇芸陌無端的信任，理智上趙君諾明白這一點，然而這個選項卻不在他的回答範圍之內；趙君諾將白紙放回信封袋裡頭，沒有多想就拉開門往外走去，拋下一句「我去找墨老師聊聊」便離開家門，但母親那張欣慰的臉實在讓他非常鬱悶。

鬱悶歸鬱悶，趙君諾還是照著「開示」買了一盒甜甜圈。

但剛走出瀰漫甜膩氣味的甜甜圈專賣店時，就迎上面無表情的漂亮少年，而少年抬起手，似乎連聲音都不願意給，勾了勾手，示意趙君諾將甜甜圈交給他。

「墨老師的靈感真是讓人不得不佩服呢。」

「給我。」

「她就這麼肯定我會出現在這裡？」

小萌皺起眉，像是認清不好好說明打發不掉眼前的男人，於是垂下手，輕嘖了聲有些不耐的開口，「你來了，我就負責把甜甜圈帶回去，你沒來，我就自己買，滿意了嗎？」

「為什麼確定是今天的這個時間？」

「趙媽媽剛才有打電話過來。」

果然。

最大的敵人就是自己最親近的人。

「都來到這裡了，我自己送到墨老師手上比較有誠意，而且我也需要她給我一點、開示。」

「不需要。」小萌伸手拿過趙君諾手上的紙盒，「她說，你換到安寧了，以後每個星期三下午都奉獻一盒甜甜圈，保證你在家安安靜靜又舒舒服服的。」

「就這樣？」

「不然你還想怎麼樣？」小萌幾乎是咬著牙發出聲音的，他從口袋掏出另一個信封扔給趙君諾，「還讓我把問詢費退還給你，我現在心情很差，所以不打算和你繼續交談。」

趙君諾握著還殘留著些許溫度的信封袋，他分辨不出自己的心情究竟是詫異又或者是納悶，和蘇芸陌接觸越多他越不明白，既沒有打算從他身上賺取金錢，也沒有交好當朋友的意思，彷彿她就只是想讓趙君諾東跑跑西轉轉，這樣她就愉快了。

蘇芸陌的取向似乎有點……

正當趙君諾往微妙的方向定義蘇芸陌時，小萌瞄了一眼手錶，時間差不多了，以他的性格應該拿了甜甜圈轉身就走，但他卻耐著性子在這邊陪「據說很冷淡」但話明明就很多的趙君諾，當然不會沒有理由。

「陌陌讓我告訴你，回家的路慢慢走，你會看見不一樣的風景。」

「什麼意思？」

這次小萌沒有理會他，逕自轉身邁開修長的雙腿，乾乾脆脆的將他拋在原地。

不一樣的風景。

趙君諾不自覺地蹙起眉心，小萌清脆卻帶著不耐的聲音在腦海深處響起，接著是蘇芸陌細軟而不悅的嗓音，桃花盛開，各種花都開了。

於是風景當然就不同了。

「學長？」留著俏麗短髮的女人臉上掛著明顯的興奮，加快步伐讓自己完完全全擋住趙君諾的去路，「我還以為看錯了呢，真巧。」

「嗯。」

「真是好久不見呢，學長怎麼會在這裡？」

「過來買點東西。」

何璇隨意的將散落的頭髮塞往耳後，露出她白皙而紅潤的臉頰，頰邊沾上的顏色不僅僅是由於碰見了許久未見的趙君諾，更是來自於她一路從公車站牌跑了過來。

這當然不是偶遇。

前陣子在拜訪客戶的途中何璇巧遇了休假的鄭品叡，她和他其實稱不上熟悉，只是在那段她積極熱烈向趙君諾示好的日子裡，鄭品叡有意無意的幫了很多忙，儘管她最終得到的還是拒絕，但何璇對他的印象始終是好的。

兩個人的交集只有趙君諾，當然在短暫的交談當中必然會提及趙君諾，於是話題不知怎麼地，就轉到了「如果還有一次機會妳還會願意試試看嗎」，何璇只是曖昧地給了個笑，但彼此仍舊交換了聯絡方式，她以為這不過是禮貌性的動作，卻在幾天前接到了鄭品叡的電話。

他不能給出什麼保證，會有的也只是一次「巧遇」，就這樣，但卻因為就只有這樣何璇才會出現在這裡。

大學畢業了那麼多年，當初的喜歡早就拋到某個遙遠的地方去了，期間她也談過幾場戀愛，她想，自己之所以出現在這裡，或許是想抓住一些她早已忘卻的溫度也說不定。

反正只是巧遇。

「學長還是一如既往的話少，還以為遇上久違的可愛學妹，會有什麼不一樣的表現呢。」

趙君諾怔了幾秒鐘卻不由自主的笑了出來。

可愛學妹。聽到這句話他想起的居然是蘇芸陌一臉正經的說自己是「有點可愛的女人」，而且還對這句話表示深深的認同。

「我可以為此感到開心嗎？」

「什麼？」

「以前要看到學長笑可不是那麼容易的事情呢。」

「是嗎？」

趙君諾當然明白何璇的話意，其實他並不是不好相處的人，只是對於那些對他有意的女孩他總是特別的冷漠，對方沒有把心意表明卻明白的拋出感情，他既不能承接也沒有拒絕的立場，於是他只好選擇拉開距離。

但此刻站在他面前的女人，即使曾經對他有過心思，經過那麼多年以後無論是情愫或是想望也早就被拋到哪個不知名的他方去了。

這麼想著，趙君諾又泛開了淺笑。

「最近還好嗎？」

「還過得去，不過工作忙起來就不怎麼像人了。」對於表現友善甚至主動開啟話題的趙君諾，何璇感到有些詫異，或許這也就是歲月在人身上的雕琢吧，

「不過今天我請了特休，很有餘裕。」

話說到這種地步，趙君諾再怎麼不在乎人情世故也該有所表示吧。

只是男人，不，趙君諾應該是特例，總之他露出抱歉的表情，果斷的推翻了何璇屬於一個女人的「常識」。

「放假確實應該要好好休息，那我先走了。」

什麼？

何璇有些錯愕，照著方才的氣氛怎麼說也會有個喝咖啡或者下次再約的後續，但趙君諾居然無比瀟灑的揮揮衣袖轉身離去，不要說一片兩片的雲彩，甚至連她的香氣都不打算帶走。

太傷人自尊了。

不知為何，在何璇體內沉寂多年的熾熱與不服輸又冒了出來，她乾脆地跟上趙君諾。趙君諾你千萬不要小看業務員的韌性與臉皮。何璇一邊想著一邊擺出最完美的笑容。

「真無情。」何璇露出可愛的表情，微微嘟起嘴，「難得碰上了，再怎麼說也應該請學妹喝一杯咖啡吧。」

「下次吧。」

何璇的唇角不自然的抽動了下，這些年她以當年趙君諾對她的油鹽不進作為面對難纏客戶的範本，即便是再討人厭的客戶她也能保持平穩的心情，甚至她偶爾會愉快的想著「再見到趙君諾她也能搞定」，她想她是錯了，打從一開始她就找不到親近趙君諾的切入點。

但她才不打算死心。

「說好下次囉。」何璇掏出手機，「學長給我你的電話號碼吧。」

趙君諾無聲地嘆了口氣。

他怎麼就忘了何璇是鄭品叡排行榜裡最難打發的女性第一名，還遠遠超越他們兩個人的媽媽。

只是他不打算面對任何可能的後續。

「我背不太起來號碼，抱歉。」趙君諾保持一號表情扯出了幼稚園學童都會翻白眼的說辭，「不然這樣吧，妳給我一張名片，如果有機會我再聯絡妳。」

連這種理由都搬出來了，何璇臉皮再厚也沒辦法繼續堅持，僵硬地點了點頭，有些機械式的從皮夾抽出一張名片，接著在趙君諾開口之前她主動說了再見，迅速的轉身，用盡全身力氣維持優雅的行走姿態，但緊握的雙手卻壓抑不住她的情緒。

趙君諾會有報應的。

何璇順了順自己的胸口，沒錯，像他這種辜負女人感情而且絲毫不留情面的人絕對會有報應的，她煩躁的撥了撥瀏海，甩頭拚命地將趙君諾的影子揮散。

□

這種男人會下地獄吧。

以拙劣的方式躲在角落「觀察」的蘇芸陌摸著下巴很認真的思考這件事。

她還以為對方是熟識的學妹趙君諾會顧慮一些情面，只要學妹積極一點、臉皮厚一些，即使不願意趙君諾多少也會妥協，喝個咖啡、吃頓飯最後再出遊什麼的，感情這種事只要相處機會增多，能「下手」的縫隙也會變多，但現在——

「真麻煩……」

鄭品叡的話果然不能信。

前天他提著最近很熱門的杯子蛋糕上門，臉上的笑容燦爛到彷彿跳樓大拍賣一樣，明明飯局就沒有進展，但他不斷的表示「趙君諾配合度破天荒的高」、「他八成也考慮要好好談一場戀愛了吧」云云，還大力搧動「只要一鼓作氣就能擊破高牆」，拚命說服蘇芸陌把三個月計畫壓縮成三星期計畫。

「三星期太莽撞了。」

「我知道老師妳是打算慢慢敲開他的心防，然後讓哪個女人能夠進入他的世界，當然我知道三個月也不算慢，只是趙君諾真的不是普通人，循序漸誘這種工作我從事了很多年，沒什麼用處啊，所以呢，就他最好的朋友我的經驗判斷，啪——蹦——的轟炸他，在他能拿出理智之前先被感情淹沒，他呢，雖然對戀愛沒什麼意願，但也不是會否認自己感情的人，所以，炸開之後我們就勝利了。」

「既然如此，這麼多年你為什麼不做呢？」

「我找不到有效的炸藥啊。」

「如果，我是說如果，他的理智或者心防確實被炸開了，但他如果誤判呢？把錯的當作對的，或者，不小心抓住不適合的人，導致下次他把堡壘建得更加嚴實，那又該怎麼辦？」

「沒有人的感情能獲得百分之百的保證啊。」

「是這樣沒錯。」蘇芸陌輕輕吐出了嘆息，「但那是自然情況當然與旁人無關。」

「墨老師。」

「怎麼？」

「我以為妳很討厭趙君諾。」

「即使是討厭的人，」蘇芸陌斂下眼，似笑非笑的扯了嘴角，「我也還是希望他不要掉進糟糕的洞穴裡面。」

蘇芸陌快速整理了思緒再度抬起頭後已經恢復起初的表情，雖然以她完美遮住長相的妝扮鄭品叡大概是分辨不出差異。

「加快就加快吧，這樣也不是沒有好處，不過你要發誓，絕對不給趙君諾任何意見，例如『我覺得甲很適合你啊』或是『乙很喜歡你啊就試試看嘛』，你就聽他說話，給他精神上的支持，除此之外就是收集情報。」

「沒問題。」

沒問題是鄭品叡說的，就因為他那句信心滿滿的「沒問題」，蘇芸陌立刻排定了一系列的計畫，沒錯，從派小萌巧遇趙媽媽並把她帶來工作室開始，每一個環節都在預定內，但結果卻完全與想像背道而馳。

真是讓人苦惱。

「墨老師、還是我應該喊妳陌陌？」

「啊……」

蘇芸陌抬起頭才發現趙君諾正站在她的面前，大概是陷進自己的世界之後就忘記藏好了，她乾脆的踏出角落，將剛剛與粗糙牆壁緊密接觸的殘留物拍落，臉上絲毫沒有被逮到的慌張。

做壞事的第一個守則：慌張等同認罪。

「妳怎麼會在這裡？」

「因為撞見奇怪的場景，經過判斷之後覺得藏起來比較好。」

如果跟蹤別人被發現了怎麼辦呢？

首先，必須讓自己的雙腳完全離開「跟蹤」的定義框架，堅定的表示「我只是經過」或者「真巧你也在這裡」只會增加自己的可疑度，直截了當的指出重點，坦坦蕩蕩的，對方反而會打消體內的懷疑與猜測。

接著，為了突顯「我真的是很偶然出現的」，適度的好奇是必須的。

「剛剛……」

「只是大學學妹。」

「回答得真快。」蘇芸陌很不誠懇的呵呵兩聲，「反正我也不好奇。」

「我以為妳會待在家吃甜甜圈。」

危機解除。

當對方成為轉開話題的那一方，只要他的腦袋不要突然又轉回去，基本上就是處於安全狀態了。

「攝取多餘熱量當然要出來消耗。」

「那我陪妳消耗吧。」

「對你的學妹才應該要擺出這種態度。」

蘇芸陌不悅的嘖了聲，他都沒看見，剛才那女人離開的表情超級兇狠的，她晚上說不定會作惡夢，想到這裡她又轉頭瞪向趙君諾，接著她伸手抓起趙君諾的左手，粗魯的把他的掌心攤平。

「人家是拚命爬樹想盡辦法想摘一朵桃花，你啊，你這傢伙，把手攤開就好，攤開很難嗎？」

「妳在氣什麼？」

「看見你媽媽擔心你的模樣我就生氣。」

「我也是有在努力的。」

「努力想出『我背不起來電話號碼』這種會遭天譴的藉口嗎？」

趙君諾不好意思地笑了。

但他沒打算告訴蘇芸陌自己大學時期曾經為了躲何璇而無所不用其極，連躲在教室角落和室友交換衣服這種蠢事都做過，甚至一群朋友聚在一起時討論的不是吃喝玩樂也不是學業，而是「擺脫何璇的方法」。

趙君諾生平第一次理了接近光頭的平頭就是提案之一，朋友甲認為「把趙君諾弄醜何璇就會變心了」，當然後來他也懷疑過這個提案出自於那群朋友的私心，不過他簡直是死馬當活馬醫了，殊不知一點用處也沒有，還招惹了幾個問他「我可以摸摸你的平頭嗎」的女孩子。

不可否認，何璇的積極沖淡了他原本對戀愛就不濃厚的興趣。

「你真的交過女朋友嗎？」

「不像嗎？」

「我只是覺得你的前女友們適合讓我進行研究。」

「研究什麼？」

「『如何與罕見品種談戀愛』之類的……」

據鄭品叡不很可靠的消息來源，趙君諾「理論上」是談過戀愛的，他也在聚會上見過兩個，但該怎麼說呢，他感覺兩個人的相處模式實在平淡到讓人匪夷所思，私底下探問時也不見趙君諾顯現多大的情緒波動，分手時也十分平靜，即便多麼擅長忍耐的人也應該有所表現，但趙君諾沒有，蓄意灌他酒也沒有動搖。

鄭品叡個人說法是：「如果是我跟趙君諾吵架鬧絕交說不定他的反應會比較大一點。」

「不然妳跟我談戀愛吧。」

「我不要。」

「真是可惜。」

蘇芸陌突然停下腳步，眼神轉了轉，最後定格在同樣定住而旋身望向她的趙君諾。

她曖昧的笑了。

「你好像對『對你沒興趣的人』比較有興趣對吧──」

「什麼？」

「果然近身觀察是必要的。」

□

近身觀察。

趙君諾看著說完這句話就瞪大雙眼緊盯著他的蘇芸陌，他想，她和他對「近身觀察」的定義應該不大一樣。

但他沒有打算阻止興味盎然的蘇芸陌，由著她東看西瞧，不時還發出「嗯哼」、「嘖嘖嘖」或者「唉啊唉啊」的微妙語句，偶爾露出曖昧的笑容，像是在算計什麼般眼角閃現某種光芒，接著她會愉快的點點頭，彷彿十分肯定自己一樣。

真是奇妙的人。

「看夠了嗎？」

「嗯，差不多了。」

「得到什麼結論了嗎？」

「身在桃花園裡的人總是看不見桃花，無妨，辛苦一點尋找藏匿於其中的白梅也好，畢竟人各有所好，是花是草都無所謂，能入你的眼就是風景。」

「能請墨老師開解嗎？」

「抹茶拿鐵五杯。」她頓了會兒，在趙君諾似笑非笑的點頭之後蘇芸陌才接續話語，「之前是我看得不夠透徹，不要想討價還價，我已經先打了對折的對折了，總之，因為你周邊的桃花太多又太濃豔迷眩了我的目光，但是我又仔細端詳了下，你的正緣確實靠得相當近，但不一定在對你有好感的、現有的桃花裡，更有可能是還在花苞期，必須由你主動灌溉才會綻放的小白梅。」

「可以更白話一點嗎？」

「嘖、就是要你不只把手打開，現在連眼睛、胸膛還有呼吸通通都要敞開，把所有你不討厭的異性都列入觀察名單內，仔細向內探索，感受自己深處的心意——」

「這些話我媽也說過。」

「真理是共通的。」蘇芸陌皺了皺鼻子，「聽不聽隨便你，我才不會強迫人相信我的靈感，反正你得到的結果是好是壞，都跟我沒有關係。」

「錯過這次的話呢？」

「就再等一百年吧你。」

趙君諾推開咖啡店的玻璃門，儘管兩個人沒有目的地，但走到上一個街角聞到咖啡香味的蘇芸陌就主導了路線，還擺出一臉「我沒有想要進去但既然都走到這裡了」的表情，似乎也就「只好走進去了」。

順便兌現了五杯抹茶拿鐵的其中一杯。

加速你的還款計畫。蘇芸陌是這麼說的。

「不准告訴小萌。」

「為什麼？」

「因為今天已經吃了兩個甜甜圈了。」

「我沒理由承諾妳。」

「你——」

「蘇芸陌？」

才落下一個字的蘇芸陌止住了聲音，儘管不很明顯但趙君諾卻肯定她的眉心有一瞬間的攏緊，接著她抬起頭，揚起恰到好處的微笑，眼角與唇角的甜美拿捏得非常適當，表情顯得相當親暱。

「盈安妳怎麼會在這裡？」

「妳呢？」

束起馬尾的濃妝女人的口氣有些蠻橫，和掛著甜笑的蘇芸陌彷彿身處世界兩端，但蘇芸陌像沒有察覺一樣，有些靦腆的加深了笑容中的嬌軟。

「因為聽說這裡的抹茶拿鐵很有名。」蘇芸陌輕呼了聲，不好意思的轉向趙君諾，「這是小萌的朋友，我們在這裡等小萌。」

濃妝女人像是想起了什麼討厭的東西，表情是毫無掩飾的厭煩，她擺了擺手，「我很忙，沒時間多說話。」

「那妳快去忙吧。」

濃妝女人連聲招呼都不打就快步走出咖啡店，玻璃門上的鈴鐺清脆的響起，蘇芸陌的臉旋即垮了下來，下一瞬間就抓起玻璃杯，一口氣灌下半杯甜膩膩的抹茶拿鐵。

另外剩下的半杯，是趙君諾抓住她的手阻止蘇芸陌過度豪邁的牛飲。

「不要問。」

「好。」

「我要回家了。」

「我送妳回去。」

「不要。」

「一句話我都不會說。」

「那也還是不要。」蘇芸陌猛然站起身，但她沒有看向他，「到家之後我會聯絡你。」

蘇芸陌沒辦法控制自己的情緒，維持平靜的說完這段話已經瀕臨她的極限，但她依然能感受到趙君諾對她的擔心，縱使她無力承接，但還是感謝。

她也就只能做到她能做的。

「好。」

接著蘇芸陌就走了。

頭也不回的踏離趙君諾的視線，但她極力壓抑卻仍舊輕輕顫動的雙肩在那短暫的時間裡早已深深烙進趙君諾的印象。深處。

他有一瞬間的恍惚。

趙君諾忽然想起那個站在街燈下凝望著飛蟲的女人，蟲好笨，她應該是這麼說的吧，但她的語氣卻是揉進淺淺的憐憫。彷彿她哀憐的並不單單只是飛蟲，而是無法言明的什麼。

他以為自己對蘇芸陌逐漸清晰的印象又開始暈染開來了，彷彿回到最初那間瀰漫著神秘意味的房間，鼻尖繞著迷惑的香氣，昏暗的燈光，掩去面容的瀏海與眼鏡，即使近在咫尺卻什麼也看不清。

趙君諾斂下眼，深深吸了口氣。

最後他站起身奔出咖啡店，說不上來的不安擠壓著他的理智，他告訴自己至少必須確保蘇芸陌安全到家，卻沒有料想到，會目睹眼前的畫面。

我有小萌了。

蘇芸陌是這麼說過的。

少年的臉上流露出趙君諾從未見過的溫柔，他輕輕安撫著懷中的女人，小心翼翼地順著她的背，一次又一次，趙君諾想，這樣就能放心了。

嗯，他不過是想確認她安好罷了。

05

粉筆劃過黑板時發出明顯的摩擦聲響，如粉雪般落下的白灰中混著平穩冷靜的男聲，側身站在講台中央的趙君諾一邊寫著重點句一邊仔細說明利用 Br_2/CCl_4 檢驗有機物是否存在雙碳 π 鍵的機制與原理，當他解釋到褪色時有不明顯的停頓，但沒有人察覺如此細微的凝滯。

除了他自身。

當然趙君諾也俐落的掩飾了自己這堂課內的第三次失誤，明明是熟悉到彷若呼吸一般的化學式卻會寫錯記號，台下的學生可能不怎麼在乎，但對他而言，這種低級錯誤簡直就像看著菜單上的美式、也打算點美式，但回答服務生時卻脫口說了「給我一杯卡布奇諾」一樣。

除卻本人以外誰都無法具體說明他的失誤有多麼重大以及、荒謬。

「到這裡有什麼問題嗎？」

「如果變成無色只能知道有沒有 π 鍵，但不能直接知道放進去的東西是什麼嗎？」

「越複雜的物質當然必須進行多重檢驗才能透過得出的性質進行綜合判

斷，有機物剛好屬於比較複雜的那一邊。」

「太複雜了記不起來啦。」

「但這裡一定會考。」

越是難以分辨的部分越容易成為考題。

他的眉心不自覺聚攏，句末的幾個字顯得有些潦草，在大量的有機物結構圖中居然滑過一張女人的臉，甜美到有些虛偽的臉，他不知道自己為什麼會對那一幕記得特別深刻。

是因為目睹她掛上面具的瞬間因而更加仔細關注那張面具嗎？

或者，由於面具的存在，足以驗證那底下必然有著她亟欲藏匿的某些什麼？

但他似乎是過度在意了。

「今天就到這裡。」

趙君諾輕拍著雙手，粉筆灰被拍落的同時下課鐘聲響亮的震動著，他總是會多等一會兒，確認沒有學生上前問問題才會離開教室，但誰也沒有上前。

對於這一點他並非沒有察覺，不知從何時開始，總是圍在他身旁拋出不著邊際的問題的學生消失了，對課題抱有疑問的學生寧可額外耗費私人時間跑到大老遠外的辦公室，總是在他剛拉開座位時出聲宣告自己的到來。

「老師——」

就像現在一樣。

趙君諾回過頭迎上的是抱著參考書的女孩，她遞出一開始就翻好頁數並且大大打著問號的題目，並不是特別困難的問題，他安靜地吁了口氣，講解的同時他清楚發覺站在一邊的女孩心思並不在問題之上。

「以後有問題直接在教室問就好，省得走一大趟路。」

「嗯……」

「還有其他問題嗎？」

「我……」

女孩壓低了聲音，顯得有些吞吞吐吐，猶豫半晌後終於左右晃了晃腦袋，表情染著隱約的挫敗，轉過身拖著步伐緩慢踏出辦公室。

「趙老師真是不懂少女心。」

「你就懂嗎？」

「至少比你懂。」

同期的國文老師努起嘴，食指以討人厭的方式輕點著桌面，趙君諾沒有多做理會，大概就有一種人你越理他，他就拿喬的越興起，一旦擺出無視的態度，他又會積極的湊過來。

鄭品叡是這樣。他身旁的國文老師也是。

「王老師請你不要靠那麼近。」

「講悄悄話就要採取適合講悄悄話的角度啊。」王老師不顧他的冷臉整個人貼了上來，「聽說有不少學生跟你告白？」

「沒有。」

「趙老師有沒有女朋友？」

「沒有。」

「那今天要不要去聯誼？」

還真是桃花四處滿開。

趙君諾抬手揉了揉太陽穴，靈不靈驗這種歸類於神秘學範疇的事他雖然不信卻也不會強烈否定，但自從蘇芸陌「開示」後，他的生活簡直是三步一桃花，就連待在原地不動都有人上前兜售桃花相關產品。

嘿、要買桃花嗎？

那簡直像是蘇芸陌風格的惡趣味。

「我以為你要說的是學生的事。」

「青春期的少男少女哪一分鐘不是在喜歡誰不喜歡誰，再說，成年跟未成年是兩個世界，就算他們拚命想撞過來，站在我們這邊的，打死也不能開門。」

兩個世界。

小萌成年了嗎？

不、蘇芸陌成年了嗎？

趙君諾像要掩飾什麼一樣拿起水杯噍了口滴進些許薄荷的涼水，他心不在焉的應了幾聲，等他回過神來才發現王老師十分愉悅的拍著他的肩膀，彷彿兩個人在他錯過的時間裡頭迅速從「會搭話的同事」進展為「聊得來的好兄弟」，而這一切屬於不可逆的反應式。

他似乎是不小心應諾了明晚的聯誼了。

「我再把時間地點傳給你。」

「那個，王老師……」

「就這麼說定囉。」王老師站起身，徹底杜絕趙君諾的反悔，露出爽朗過頭的燦爛笑容，「學生們拚命談戀愛，老師們怎麼可以輸呢？」

□

燈光昏暗。

慵懶的爵士樂與誘人的食物香氣，揉進些許彷彿大口呼吸就能使人微醺的酒香，蘇芸陌攏了攏散落的髮絲，白薇替她梳了個據說「凌亂得很自然」的髮式，嬌憨的牽著她的手踏進餐廳。

其實沒有必要這麼費心，但蘇芸陌沒有拒絕白薇的過度積極，從以前白薇就特別熱衷於聯誼這類的活動，她喜歡曖昧，卻總是規避著更進一步的可能，彷彿她正試圖從一道道目光中尋找自己，最後卻總是在反光裡頭瞥見陌生的流光。

「我沒有辦法想像跟這個人走更遠的路。」她說。「無論我有多麼喜歡眼前的人，卻看不清前方的路途，妳知道，縱使不是談感情，人總會對諸多事情會產生想像，好的或者壞的都一樣，但我沒有辦法勾勒出這些，因為我根本不覺得自己可以和身邊那個人有更進一步的可能。」

白薇的問題聽起來很嚴重，但其實一點也不會影響她的日常，而她屬於善於保護自己的女人，因此蘇芸陌從來沒有對她的行為發表過任何意見；或許正因為這一點兩個人反而越走越近，看似簡單的這個理由，在白薇身旁卻只有蘇芸陌一個人辦得到。

人總是想左右其他人的人生，卻又表現出無能為力的模樣任憑自己的人生背離期望。

「頭髮一直掉，這樣等一下吃東西會很麻煩。」

「越麻煩的事物越惹人喜歡。」白薇順了順蘇芸陌的髮尾，「邊說話邊不在意的整理頭髮最引人遐想了，我知道妳只是來吃飯的，但感情的事很難說嘛。」

「我算過我的桃花五年之內都不會出現。」

「隨便吃點草對健康也沒有壞處。」

白薇大概是對自己的發言相當滿意，愉快的笑了出來，加快腳步拉著蘇芸陌走進預訂的位置，她們來得不早也不晚，白薇鬆開蘇芸陌的手，任憑她將自己塞進最角落的座位。

只要熬過自我介紹的關卡就可以放心吃喝了。

「墨老師？」

熟悉的嗓音將蘇芸陌的注意力從菜單上華麗的名稱拉開，她慢了一拍才抬起頭，不自覺鼓起臉頰，真沒料想到會在這種場合見到這傢伙，但她沒有額外的詫異，聯誼這種場合會產生無限可能，經過白薇長期訓練的她早就處變不驚了。

「真巧。」蘇芸陌虛偽的扯開笑，撐不到三秒鐘就斷然放棄，「頓悟之後主動找尋白梅了嗎？」

「我資質駑鈍，還參不透，今天是陪同事來的。」

「是喔。」

蘇芸陌不是很感興趣，比起男人她更關心菜單，參不透啊參不透，即使能算中人心卻老是避不過菜單裡的雷。

「第三道不錯。」蘇芸陌狐疑地瞥了他一眼，「我來過。」

「姑且相信你吧。」

總會點中餐廳裡的雷是蘇芸陌的才能，但她不打算跟趙君諾分享這一點，於是故作姿態的闔起菜單，擺出「我其實也不是很在意點哪一道啦」的表情，悠悠地啜飲著檸檬水。

隱約的苦味順著喉頭滑進她的體內。

大概是她和趙君諾身上「湊人數用」的標籤太過明顯，又或者是打從一開始兩人就表現出某種親暱，於是整場聯誼似乎就被切成兩塊，一邊是熱衷戀愛的人們，另一邊是漫不經心的她和他。

「我還不知道妳的名字。」

「剛才明明就自我介紹過了。」

「妳是說『我叫小陌、在餐廳工作』那段嗎？」

「偶爾我會幫小萌代班，不算說謊。」蘇芸陌慢條斯理的舀起湯，「蘇芸陌，芸芸眾生的芸，陌生人不要隨便搭訕我的陌。」

「那個號碼是妳的嗎？」

蘇芸陌愣了下。

遇見林盈安那天的記憶她習慣性的壓在最深處，儘管她比任何人都清楚擠壓太多情緒遲早會讓人爆炸，但她卻沒有餘力處理這一切，只能透過時間一點一點的消化，像冬眠的熊一樣慢慢消耗厚重的脂肪；然而冬眠的熊也可能遇上獵人，她順帶拋下了，那天、趙君諾也在。

「我不知道。」

她還記得應允過他的事。於是她讓小萌替她聯絡他，除此之外任何具體的細節她都不清楚，無論是小萌聯繫她的方式，或者所說的話語。

「是嘛。」

趙君諾沒有追問，很簡單的接受了她的回答，對蘇芸陌而言這樣是最輕鬆的狀況，但她有些煩躁的撥了撥頭髮，「我是真的不知道。」

「妳是隨手跟路人借電話傳訊息給我嗎？」

「是小萌傳的，手機借我一下。」蘇芸陌伸手要了趙君諾的手機，確認了裡頭的訊息和號碼，「是我的。」

訊息很簡單。我到了。三個字不含標點符號，果然是小萌的風格。

卻有種細微的異樣感散落在整個過程當中，像齒輪轉動途中輕輕晃了下，不仔細注意根本不會察覺，蘇芸陌咬著唇認真思索，簡訊沒有問題，既不需要過度接觸也能傳達訊息，合情合理卻——

啊、是她的號碼。

聯繫陌生人時用的總是小萌的號碼，即使是必須頻繁聯絡的鄭品叡也都透過小萌作為中介，更仔細來說，從她手機撥出的只會是存在通訊錄裡的號碼，蘇芸陌翻出自己的手機，果然看見一則與未記錄號碼的訊息。

這意味著什麼？

「小萌好像很喜歡你。」

「我怎麼沒有這種感覺？」

「大概是你比較遲鈍。」想通後的蘇芸陌滿意的喝了口水，「他屬於感情表現不明顯的那一邊，不過你應該也是，啊，因為是同類所以感覺比較親切嗎？原來如此原來如此，我果然不是普通的聰明吶。」

「妳在自言自語什麼？」

「沒事。」蘇芸陌拿起紙巾抿了抿唇，抬起眼快速掃了餐桌一眼，視線滑過在場的每個人，最後停在趙君諾斯文的臉龐，「差不多該走了。」

「妳的甜點才吃到一半。」

「人要懂得取捨。」

蘇芸陌露出不好意思的表情打斷了話題，我有點事必須先離開，白薇第一時間表示理解，暗地裡還拋了個眼神，接著她隱隱踢了趙君諾一腳，他才跟著起身。

「我送陌陌回去吧。」

不知為何右前方的男人像眼睛抽筋一樣拚命眨著眼，大概是趙君諾的朋友，蘇芸陌甜甜的笑了，不多說話但想想還是決定多替他製造些困擾似乎比較有趣。

於是她輕巧的勾住趙君諾的手。

什麼也沒有解釋，雙頰卻染著某種情愫，從座位到門口短短的幾句距離，就足以讓留下的人編織一個完整的故事。

也讓趙君諾的感情輕輕的顫動。

然而踏出門的瞬間蘇芸陌就收回了手。

「再見。」

「我送妳回去。」

「不用了。」蘇芸陌抬手指向對街的便利商店，「小萌在那裡等我，不用擔心。」

蘇芸陌說完揮了揮手，踩著輕快的腳步筆直朝坐在露天座位的少年走去，他們說了些什麼，少年的目光有一瞬間轉到了趙君諾身上，沒有多久兩個人就並肩離去。

手牽著手。

□

趙君諾在街角站了很久。

夜裡的空氣格外的涼，那是一種逐漸奪去溫暖的冷，回過神來他的雙手早已凍僵，他攏了攏外衣，眼神裡瀰漫某種難以言喻的深意，他斂下眼，即使身旁空無一人他依然下意識掩去他也還來不及明白的什麼。

我有小萌了。

這些日子他總會不經意想起她的話語，各式各樣的話語，無論是戲謔的玩笑、故作高深的開示又或不做修飾直白的感想，他沒有多想，只告訴自己大概由於她的個性鮮明本來就容易使人落下印象，而她和他這段時日也接觸得極為頻繁，無論有意無意，關於她的一切自然便更深的留下痕跡；然而這些似是而非的說辭解釋不了他過於仔細地記下這五個字。

她的雙眼非常清澈。

提到小萌時總是不含雜質，因為是小萌啊，彷彿每一句話的背後都貼附著她完完全全的感情，她和少年之間有一種強烈的歸屬，每個人都試圖得到的那種歸屬。

他的胸口像被蘇芸陌隨手塞進一小團棉花，沒有多少重量，卻讓他的每個呼吸都帶著滯悶感。

「蘇芸陌……嗎？」

趙君諾很難形容自己此刻的心情，即使多給他十年的時間大概也找不到適當的形容詞，既不是無奈也稱不上無力，卻有種使不上勁的浮躁，浮躁上頭又纏著鉛塊般有股沉重的力量往下拉，四周又瀰漫著一種細微的飄忽，層層疊加而起，導出的是什麼結果他也不明白。

走了幾個街口後他突然改了方向，買了幾包零食假裝自己只是心血來潮，縱使明白這種小把戲拙劣到立刻就會被看穿，但正因為拙劣過頭了，對方反而絕對不會拆穿。

尤其是比誰都瞭解他的鄭品叡。

「我來找你打發時間。」

趙君諾揚了揚手中的便利商店提袋，扯開嘴角但大概有點勉強，不需要鏡子，看鄭品叡的慌張就能明白。

「要喝啤酒嗎？還是紅酒？」

「喝果汁就好了。」

「果汁，好、果汁很好。」

「你緊張什麼？」他忽然笑了出來，接過鄭品叡遞來的蘋果汁，他長長吐了口氣，「我只是有點事情想不通，你不需要這麼戒慎恐懼。」

「發生什麼事了嗎？」

「什麼都沒發生。」趙君諾整個人癱靠在沙發椅背上，「只是有一個人。」

「女人？」

鄭品叡方才的緊張頓時消失無蹤，瞪大雙眼簡直像瞬間移動般湊到他的面前，近到連呼吸的熱氣都撲打在他的臉上，但趙君諾卻推不開他，最後只好盡可能的別開頭，設法離他遠一點。

「對啦。」

鄭品叡暗自讚嘆了一百次「神人墨老師」，他決定明天立刻去膜拜她，能動搖冷淡的趙君諾不是件容易的事，何況只花了不到一個月，根本稱得上神蹟啊！

瞄了眼鄭品叡的表情，百分之一千他腦中的想像應該是過度發揮了，趙君諾避開他熾熱的目光，費了一點力氣手腳並用才踹開他。

「那我們家君諾在糾結什麼呢？」

「說了沒有。」

「你怎麼瞞得過我呢？」鄭品叡露出惹人厭惡的邪佞笑容，「我想趙媽媽一定會很開心……」

論卑鄙無恥，正直的趙君諾絕對沒有勝算。

又論死纏爛打，深知好友軟肋的鄭品叡從來就不會輸。

「不要過度解讀，我只是有點在意她。」

「然後呢？」

「沒有然後。」趙君諾揉著太陽穴，紛亂的思緒逐漸歸位，「只是覺得和她相處很輕鬆，不需要考慮太多，兩個人的距離很恰當，但這幾次見到她，卻有種想探究更多的衝動，明明知道那不是自己該碰觸的部分，甚至她也果斷的表現出『不要問』，但我……」

「因為在意所以想更靠近，這也是人之常情吧。」

「一方有了開頭，另一方就有了拒絕的選項。」趙君諾不自覺盯望著自己的掌心，「為了讓對方不要有更多的空間進行想像，只要有所察覺我就會乾脆的劃出界線，雖然冷漠但我一直認為這是讓傷害減到最小的方法，可是品叡，說不定人真的會有報應。」

「報應？」

「那個人，應該會比我更加乾脆俐落。」

「嗯……」

鄭品叡拉著長長的尾音，挑起眉視線來回掃過趙君諾，都已經開始害怕被拒絕了啊，要歸類的話應該把他從「在意」的框框移到「動搖」那一邊才是；但戳破朋友的偽裝不是好的行為，等他自己暴露比較有趣。

他沉吟了許久，花了很長一段時間才抬起頭，接著泛開意味深長的微笑。

「你的前提是『對方察覺』，既然如此，把前提拿掉就好了啊。」鄭品叡豪爽的喝光玻璃杯裡的蘋果汁，「我知道你只是『在意對方』，但所有的愛情都是以在意作為起點的，所以你只要持續的在意，更加認真的在意，其他的，我會幫忙的。」

「我覺得你不要幫忙比較好……」

「不用跟我客氣。」鄭品叡滿腔熱血正熊熊燃燒，他這次一定要把趙君諾嫁出去，「在你得到她的肩膀之前，我的肩膀都是你的。」

「我不需要你的肩膀。」

「那、胸口也是可以啦。」

趙君諾的頭越來越痛了。

06

「也就是說，趙君諾有在意的人，但要是對方察覺就會被拒絕。」見鄭品叡用力點頭，蘇芸陌忍耐著想翻白眼的衝動，「所以你覺得，只要趙君諾在對方身邊待久了，總會有一天能找到切入點，在那之前他就自顧自的越陷越深沒關係？」

「感情這種事嘛……」

「之前那些在趙君諾身邊打轉的女人有得到機會嗎？」

「沒、沒有。」

「嗯哼。」蘇芸陌居然很沒有同情心噗哧地笑了出來，「那傢伙簡直就是遭到報應，哈哈哈。」

「現在不是取笑他的時候——」

「不然要等到什麼時候才笑？」

「重點是，以墨老師的英明絕對能製造破口的，而且妳看啊，這種情節不是很符合妳的胃口嗎？能稍微折磨他，但最後還是能抵達我期望的終點……對吧！」

「不對。」

「老師妳不能半途撤手不管，求妳了……」

「就我專業的意見呢，現在是他斷卻念想的最好時機。」鄭品叡的腦袋拚命搖晃，臉上彷彿用粗黑奇異筆寫著「絕對不要」，蘇芸陌皺了皺鼻子，作態的推推眼鏡，「但也不是沒有解……」

「我就知道老師絕對會有辦法！」

「首先，你、去收集資訊，不只是趙君諾的，還要那個女人的，越詳細我給的建議會越準確，我這邊也會稍微……做一點努力的。」

得到正面回應的鄭品叡終於心滿意足的起身離開，蘇芸陌大大吁了口氣，又灌了半瓶礦泉水，趴在桌上想進行思考腦袋卻一片空白。

連小萌拉開椅子在她面前坐下蘇芸陌都沒有發覺。

「在想什麼？」

「趙君諾。」

「是嘛。」小萌拉開抽屜從中找出一張紙，確認了上頭的表格後又放了回去，「他今天的課只到三點，妳直接去套他話比等鄭品叡回報快多了。」

是這樣沒錯。

整理鄭品叡立場偏頗的資訊才是整個過程中最麻煩的環節。

「小萌也去嗎？」

「晚上要打工我不想浪費體力。」

「可是我好累。」

「妳今天可以吃一塊蛋糕。」

「真的？」

蘇芸陌猛然起身，露出甜美的燦爛笑容，掛上面具時她總是這麼笑，但真正開心時她也還是這麼笑，她曾經對小萌說過，只要不讓別人知道她對什麼感到開心，別人就不會想奪走那些東西了。

「先去把衣服換掉。」

「這樣去也沒關係吧。」

「難看死了。」小萌嘖了聲，直接把蘇芸陌推進洗手間，又順手扔進了一件衣服，「就這件吧。」

「為什麼要我穿洋裝？」

「因為它離我最近。」

已經習慣全盤接受小萌安排的蘇芸陌嘟起嘴乖乖地換上洋裝，儘管對於「不該出現在工作室的白色洋裝」有一瞬間的懷疑，但也可能是參加聯誼那天落下的，畢竟這件洋裝是白薇的首選，只是受到小萌強烈反對之後才改穿了碎花裙。

「那我要去吃蛋糕了。」

「先去找趙君諾。」不等蘇芸陌反駁，小萌露出溫柔到有點微妙的笑，「想想正在抽屜哭泣的存摺，讓那傢伙請妳吃蛋糕，當作替他灌溉桃花的報酬。」

「小萌你有點奇怪。」

「哪裡奇怪？」

「你好像對趙君諾有種莫名其妙的信任感，平常你不是老是壓低聲音說『不要跟沒有必要的人多攪和』嗎？」

「這是工作，趙君諾是必要的，妳到底去不去？」

「好啦。」

蘇芸陌踮起腳柔軟的唇輕碰了小萌的臉頰，少年每次都會臉紅，她踏著愉快的步伐開心的往外走去，絲毫沒有察覺留在原地的少年，眼神有多麼複雜。

小萌輕輕嘆了口氣。

「這樣也好。」

□

白色洋裝的裙襬隨著微風輕輕搖曳，散發著強烈清新感的長髮女人低垂著頭安靜地站在街邊，彷若一幅美好的水彩畫，讓人不由得收斂起呼吸，深怕驚擾了眼前的存在。

趙君諾踏出校門後目睹的就是這一幕。

在他的印象中的蘇芸陌除卻扮演墨老師時的強烈穿衣風格外，她一直是很隨性不在意的，即使是參加聯誼，也不過套上略顯嬌柔的花裙，但她還是那個直率不做作的蘇芸陌；然而此刻落在他視野中央的蘇芸陌，卻彷若他人。

她抬起頭，隨意將散落的髮絲勾往耳後，接著揚起輕淺的笑，整個人彷彿融進午後溫煦的日光之中染著一份朦朧，又多了一些不確定性。

「我在等你。」

她說。

沒有任何修飾筆直的將話語拋擲而出。

這世上再也沒有一樣存在比純粹更震懾人心了。

「先打電話給我就不用等了。」

「我不討厭等待。」

趙君諾緩慢走近蘇芸陌，在隔著一個跨步的距離之外停下，蘇芸陌很美，趙君諾起初就明白這一點，但他始終以為那份美感除卻她五官的精緻外更多來自於她的自然與清澈，或許他總是低估了女人的多變與複雜，縱使是一件衣服，也能徹底改變一個女人的色彩。

又或者，察覺了自己的在意後，人就變得越加在意了。

於是在那些在意裡頭，人越仔細地去凝望，便瞧見越多意料之外的面貌以及、延伸。

「今天沒有工作嗎？」

「剛結束。」蘇芸陌眨了眨眼，忽然抬手接著輕緩地放在他的頭上，約莫五秒鐘的沉默後再度收回手，「我遞送了一點會讓你更有機會抓住正緣的氣，作為回報，請我吃蛋糕吧。」

趙君諾笑了。

擺出「沒辦法既然墨老師都這麼說了」的表情，大方地點了頭。

「不用這麼做我也還是可以請妳吃蛋糕。」

「我只接受交換。而且是合理的交換。所有的失衡都來自於兩方的重量不均，這是人最應該避免的狀況。」

「那麼，妳和小萌之間也是合理的交換嗎？」

為什麼會拋出如此尖銳的提問呢？

他的聲音一落下，尾端彷彿黏附著某種毒液，悄悄滲透進她和他的呼吸，蘇芸陌臉上沒有任何表情，安靜地注視著同樣不顯起伏的趙君諾。

接著她笑了。

「你的全部財產應該不夠買這個答案，還是用來買蛋糕吧。」

蘇芸陌以清澈無波的眼神迴避了他的提問，旋身時白色洋裝的裙襬輕飄飄的揚起，若有似無的香氣浮動在空氣裡頭竄入他的呼吸，趙君諾第一次如此仔細地去凝望並且記憶下一個人，但那並非出於蓄意，簡直像一種必然。

一個人的心底要擺進些什麼大多時候不是能被決定的。

□

「我算到你最近的感情線有明顯的波動。」

有著爽朗笑容的服務生輕巧地將咖啡和蛋糕擺在桌上，蘇芸陌抿了口水，捧著玻璃水杯絲毫沒有鋪陳便直接拋出主題。

「波動？」

「嗯，你個人的。」

「那墨老師認為這是好還是壞？」

「對你而言是好的，但就結果來說，不知道。」

「妳能算出對方是誰嗎？」

「哼哼。」蘇芸陌冷笑了兩聲，不滿的撇了撇嘴，「真是抱歉呢，我連對方是男是女都看不見，要是這麼厲害我早就買下十間銀行了。」

「看不見啊……」

「不知道看不見的東西最厲害了嗎？」

「是這樣沒錯。」

「不過呢，這陣子相處下來和你也是有一點交情了，我可以替你更進一步的算一下你和對方的姻緣。」蘇芸陌勾了勾手，不是很情願的模樣，「名字照片生辰八字什麼的，有什麼就給什麼吧，我會盡力的。」

「墨老師對我是不是太好了一點？」

她才不會沒事去管別人的閒事，特別是感情問題，能不要碰就不要碰，偏偏來找她商談的客戶裡頭，十之八九都是為情所困；但趙君諾恰好相反，無論是趙媽媽或者鄭品叡都希望拿情困住他。

真不知道趙君諾到底算是做人成功又或做人失敗。

「說實話吧，我也是有那麼一點好奇的，能讓你這傢伙動搖的……」

蘇芸陌很不客氣的悶笑出聲。

一想到他喜歡的女人可能比他更異類她就忍俊不住，所以說啊，人生在世就是因果二字，因果，出來混總是要還的，蘇芸陌摀住嘴卻擋不住笑意。

看著蘇芸陌竊笑的模樣趙君諾實在有些五味雜陳。

「我只是有點在意她而已。」

「在意就是起點，現在的你已經踏上路途，你的一舉一動任何一個意念都會左右最後抵達的終點。人生的每個節點都環環相扣，絕對不要心懷僥倖。」

在意。

就是起點。

持續在意之後會往哪邊去呢？

「既然從現在開始我的每一個動作都會產生影響，我想我還是暫時把她擺在心底吧，無論透過妳算出了什麼，都會左右我的心思吧。」趙君諾揚起清朗的淺笑，「我希望自己能盡可能以純粹的方式去面對她。」

不被她察覺就好了。

這樣的做法很卑鄙吧。

但趙君諾似乎有點明白了，面對動搖的感情時人無法完全依循著理智，即使明白那麼做不對，只是當眼前只有一條路徑，要不要踏上去呢，意外的，這並不是個困難的選擇題。

蘇芸陌。

或許這個人的存在就是一個巨大的問號，也是最重要的答案，而人總是會毫無抵抗能力的朝問號走去，同時追尋所有可能的答案。

「那、稍微討論一下總可以吧。」蘇芸陌鼓起臉頰，叉起一口蛋糕送進嘴裡，濃膩的糖分稍微安撫了她的感情。趙君諾真難對付。「我很好奇。」

「是一個很特別的女孩子。」

「我知道這樣非常沒有禮貌，那些過於飄忽不定的形容詞就省略吧，你知道的，人一旦站在偏頗的角度，看見的世界就會呈現扭曲的模樣。」蘇芸陌頓了一下，「不管是好的扭曲或者壞的扭曲，對不能實際接觸當事人的我來說，角度偏差越大越掌握不了對方的模樣，所以，我希望能聽見客觀一點的描述。」

「例如？」

「嗯、實際相處的狀況啦、對方的表現或反應啦、穿著喜好之類的……沒別的意思，我屬於那種既然要瞭解就會進行得徹底一點的類型。」

趙君諾啜飲著微溫的美式，淡淡的苦味繞過舌尖，卻在尾端帶出香甜，他挑起眉，彷彿正細細品嘗著咖啡的美味，雙眼卻直勾勾的審視著蘇芸陌。

「妳不會轉身回去就聯絡我媽吧？」

「當然不會。」蘇芸陌扯開大大的笑容，還堅定地舉起右手，「我以墨老師的身分發誓，絕對不會告訴趙媽媽。」

她的雇主從來就是鄭品叡，當然她可以毫無猶豫的立誓。

不過趙君諾往這個方向思考反而是件好事。

「我沒辦法完全相信妳。」

那就算了。

蘇芸陌幾乎就要甩出這四個字，但是不行，這是工作，多少得套出什麼才行，她深吸了一口氣，重新調整了「路線」。

「既然如此我也不能強求。」

「不是很好奇嗎？」

「從事我這一行的，準則之一就是，無論有多麼好奇，不該問的就不能去問，所以呢，我很能控制自己的好奇心。」蘇芸陌高傲的瞄了他一眼，「真可惜，趙老師你錯過了我的好奇，本來我們可以談談人生的，免費，但現在，就算是要聊路邊的小白也要付出代價。」

「例如？」

「晚餐之類的。」

延長戰線一定能攻破這傢伙的防線。

蘇芸陌滿不在乎地捲著髮梢，像是對趙君諾完全失去興趣一樣，假使趙君諾不願意談論他們的話題就不會走到這裡，雖然費時又費力了點，但蘇芸陌有的是時間跟他磨。

「免費開示你，即使只是一個瞬間，錯過就是錯過。」

蘇芸陌的聲音輕緩卻像能穿透人心一樣。她說。

「所有的錯過都必須付出代價。」

□

為什麼會是這種狀況？

蘇芸陌瞇起眼端詳著男人在廚房忙碌的頎長背影，熬煮蔬菜的甜香飄送在整個屋內，親自下廚比較能展現誠意，趙君諾是這麼說的。

而且我媽不在家。

是了，他還補充了這一句，簡直像是高中生的微妙暗示。

蘇芸陌站起身，背著手像小老頭一樣緩慢踱步到趙君諾旁邊，他正俐落地撒下乾燥迷迭香細末，擦了擦手流暢地撈起沸騰滾水裡頭的義大利麵條。

接著他拿了把小湯匙，舀了一小匙正以慢火熬煮的番茄蔬菜醬汁，吹涼後送進她的嘴裡。

……送進她的嘴裡？

「味道還可以嗎？」

「嗯。」蘇芸陌倚在流理台上，不知為何突然湧升了想調戲趙君諾的念頭，於是她伸出纖長漂亮的食指撥開他的前髮，「可以嫁了。」

「妳娶我嗎？」

「可惜我有小萌了，不然我會考慮一下。」

「小萌廚藝好嗎？」

「很好，特別擅長製作甜點。」

「妳跟小萌是什麼關係？」趙君諾斂下眼，試喝了一口醬汁，盡可能讓動作與口吻顯得自然而隨意，「他看起來像還沒成年。」

「小萌是大學生，至於關係嘛……我們住在一起，偶爾還會睡在一起，你說，這樣是什麼關係？」

「寵物？」

……寵物？

蘇芸陌噗哧地笑了出來。

「小萌聽到會把你過肩摔，他是黑帶。」

「我是說妳。」趙君諾聳了聳肩，揚起有些討人厭的微笑，「妳像寵物。」

「難怪你交不到女朋友。」

蘇芸陌聲音才剛落下，那尾音彷彿還殘留在兩人的呼吸之中，趙君諾旋身猛然靠近將倚在流理台邊的她緊密鎖在雙手之間，並且低下頭，以深邃的眼眸安靜地凝望著她。

許久。

趙君諾將頭壓得更低，幾乎要刷過她柔軟的唇畔，她能清楚感受到他所呼出的熱氣撲打在她的鼻尖，她極少和人如此貼近，但她沒有試圖將趙君諾推開，蘇芸陌還在判斷，眼前這個男人的意圖。

他沒有吻她。

稍稍拉開了身子，唇邊泛開意味深長的弧度，雙手依然將蘇芸陌留在他劃出的半圓裡頭。

「只是想讓妳知道，勾引女人這種事我多少還是會的。」

蘇芸陌仰起頭，再度將彼此的距離縮到極限，她舉起雙手輕輕貼放在趙君諾的雙頰，並且蓄意地將氣息吹撫在他的頰邊，唇彷彿滑過那邊緣，卻又讓人不能肯定。

「臉紅就輸了。」蘇芸陌的嗓音比平時低柔許多，這一瞬間，趙君諾彷彿瞥見他所初現的那個掩去所有面容的女人，「但你知道最致命的勾引是什麼嗎？」

她以安靜的口吻輕輕喃唸。

「是真心。」

蘇芸陌收回身子，彷彿失卻興趣一般輕巧地將他推開，轉身便離開熱氣奔騰的廚房，而趙君諾怔忪地望著她朝客廳走去的身影，呼吸顯得紊亂。

真心。

她發出這兩個音節時趙君諾的身體不由自主地輕顫著，那像是個隱喻，悠遠而深長的隱喻，在那一剎蘇芸陌的存在顯得極其飄忽，簡直像是、她從來就不相信真心的存在。

蘇芸陌的眉心不受控制地皺起，她面前的位置第一次坐進穿著高中制服的女學生。

基本上小萌會將二十歲以下的委託全數過濾掉，但眼前的女孩並不是小萌放水，而是阿皓死纏爛打拜託她才不得不見的。客人。

「我、我想算我的戀愛。」

果然。

蘇芸陌不著痕跡的翻了個白眼，她沒有瞧不起小女生的感情的意思，只是少男少女們的戀愛問題往往來自於自身的不確定，這意味著他們需要的並非「具體的建議」而是心理層面的引導。

「仔細說一下吧。」

「我喜歡我們班的化學老師……可是我連一句完整的話都不敢跟他說……」

化學老師？

那傢伙乾脆轉行去賣桃花好了。

蘇芸陌舉起手止住女孩有些斷續的語句，以某種帶有強烈神秘感的語調低啞的發出聲音。

「年輕的男人……身材瘦高……膚色……過於白皙了一點……啊……這個男人周身散發著冷漠的氣息，不，少女在他身上得不到溫度……所有的少女都是……」

女孩瞪大雙眼，像是不敢置信的忘記閉上嘴巴，阿皓說他的鄰居姐姐是相當厲害的算命師，她本來還有點懷疑，卻因為心情實在太沉重連書都讀不下去才踏進這間有些破落的工作室，沒想到居然一言不差；阿皓不可能事先洩漏，喜歡化學老師是她的祕密，因為她知道，這不是能和誰分享的感情。

想到難過的地方女孩的眼淚居然就這麼落了下來。

「我、我也知道不可能，可是，可是我滿腦子想的都是趙老師……我沒有奢望要得到老師的喜歡，但這樣下去不行，一定會被發現的，可以求妳告訴我該怎麼辦才好嗎？」

「這……」

「我想埋葬自己的感情，可是又捨不得……我是真的、真的很喜歡趙老師……」

蘇芸陌幽幽地嘆息。

少女的感情總是單純得可笑，卻又純粹得讓人不由得心疼，小萌知道她面對這種狀況絕對會採取錯誤的判斷所以阻絕了讓她失誤的對象；然而人無法防備所有事物，總是存在著一道兩道縫隙，而那些可能就從哪些裂口竄了進來。

「去告白吧。」

「什、什麼？我……」

「妳會被拒絕，很冷酷的被拒絕，妳會很痛，比現在更痛，但在痛過之後妳就能乾脆的放下。妳的戀愛從一開始就只有句點，但即使明白這一點，妳仍舊需要句點。」

「可是……」

「選擇權在妳手上。」

其實女孩也能慢慢消化自身的感情，儘管必須耗費漫長的時間，但蘇芸陌總是會將各種可能的路徑擺在顧客面前，讓對方獨自面對與選擇，她很少給出如此斷然的建議，對她而言這就是一種失誤。如此不僅干預了少女的人生，也涉入了趙君諾的人生。

蘇芸陌咬著唇，思索著自己的失誤，卻沒有深思女孩提及「趙老師」時她心底隱約浮起的煩躁；她猛然起身，旋身背對女孩，並且以無比冷冽的口吻扔出結束。

「我能說的就這麼多了。」

□

少年認真地讀著講義，不時在一旁以漂亮的字跡寫上註解與重點，對面綁著低馬尾的女人無聊地翻閱著雜誌，視線停在介紹本月星座運勢的欄位上，一邊竊笑一邊學習囊括所有可能的話術。

「摩羯座本月需注意腸胃問題，其他月份就不用注意了嗎？」

出現問題就被說中了。真準。

沒有問題就表示自己在得到提醒後避開了。真幸好。

蘇芸陌托著下巴右手指尖來回滑過水瓶座的位置，心情略顯浮躁，她跟水瓶座一點關係也沒有，但浮躁兩個字像層薄膜貼放在她的意識邊緣，想剝除卻找不到撕口可以拉起。

長久以來她的情緒都相當平穩，除卻撞擊上某些缺口以外，她甚至近乎缺乏感情，然而從某一個時點開始，蘇芸陌體內深處產生了細微晃動，她很清楚那樣的顫動可以趨於平靜，也可以成為吞噬靈魂的漩渦。

找不到搖晃的起點就無法阻止晃動。

所以她煩躁。

「怎麼了？」

「心情一直平靜不下來，對日常生活沒有任何影響，但讓人感到煩躁。」蘇芸陌蹙起眉，仔細回想這段時期遭遇的一切，「好像從碰上林盈安那天之後，我的心緒就遲遲無法落地。」

「陌陌。」

「我知道，對現在的我而言還是過於勉強，所以我拚命的逃了，用盡各種方法把自己從中抽離，只是人的感情總是有所殘留，即便那不過是殘渣，卻也是灰燼，還帶有灼燙感的灰燼。」

妳為什麼不去死——

蘇芸陌長長的睫毛掩去她眼神的流轉，小萌伸出修長的手溫柔地貼放在她的雙頰，溫溫熱熱的，誰也沒有說話，誰也沒有移動，彷彿兩個人等待的便是時間的流逝。

痊癒需要時間。

於是我們需要時間。

「小萌。」

「我在。」

極其簡單的一句「我在」卻是她心底最深的依靠，彷彿無盡海洋中央唯一的浮木，她和小萌的關係不知不覺就成了這樣，但蘇芸陌卻比誰都明白，遲早這樣的自己會成為勒住小萌頸項的繩索。

將自己所有的重量倚負在他人身上確實是最輕鬆的辦法，但這麼做不過只是一種自私。

遲早會失衡的。

「最近偶爾我會試著回想那段日子。」

「陌陌，不要勉強自己。」

「可是人如果不像這樣一點一點勉強著自己，是沒辦法勇敢起來的。」

「我在妳的身邊。」

「嗯，我知道，所以我才能試著讓自己勇敢。」

蘇芸陌常常會被惡夢驚醒，認真形容的話那之中並沒有任何可怕的情節，不過就是一張張厭惡鄙棄的臉龐，裡頭的人們雙唇無聲的開闔，她聽不見聲音但話語卻清晰地傳遞而來，妳不該在這裡，真是麻煩的存在，妳只會拖累別人的人生而已，誰都不愛妳，誰都不需要妳，最後總是那一句尖銳的喊叫，妳為什麼、不去死。

為什麼碰上的要是林盈安呢？

她刺耳的尖叫聲直到現在蘇芸陌還能感覺到如針刺般強烈的惡意，滲入她的血肉骨骸，連靈魂都剝除不了那濃重的惡意。

「陌陌。」

「嗯……」

「這個世界總是有真心的，就放在哪個地方，總是有一份是要給妳的真心的。」

「可是所謂的世界實在太大了。」

「但我不就遇見妳了嗎？」

「小萌……」

「所以妳不用擔心，在那天之前，我都會陪在妳身邊的。」

□

在那天之前。

我都會、陪在妳身邊。

□

貓一動也不動地趴在圍牆上。

天空彷彿漿洗過般透著雨後特有的顏色，即使日光披灑在肌膚上卻還是能嗅聞到一種曖昧的潮濕，趙君諾踩上還未乾透的泥地，隱微的陷落讓他有一瞬的怔忪。

圖書館後的角落十分僻靜，沒有特別的理由或許不會有人走近，他想著下午收到的那封簡訊，讓他放學後獨自到來。而寄件人是蘇芸陌。

他沒有懷疑蘇芸陌的理由。

即便有，趙君諾也不打算懷疑她。

「你真的來了啊。」

「不是妳讓我來的嗎？」

「有個小女生想跟你告白，十五分鐘之後她會來，我不想設計你，所以你可以選擇離開。」

「為什麼？」

「你問的是幫她約你出來的理由，還是不設計你的理由？」

趙君諾輕扯了唇角，卻沒有太多的笑意，他說不上來自己此刻的心情，蘇芸陌確實清清楚楚的說明了，過去也曾有過學生找尋各種藉口讓他前往某個人等候的地點，他從來不會感到生氣，畢竟少一個對他抱有心思的人也是好事；

然而注視著沉靜的蘇芸陌，他的胸口卻有股鬱悶。

不希望是妳。

有太多人狡猾地藉由他人的手遞交自己的感情，無論是好的或者壞的，儘管這份情緒與站在中間的那一個人沒有太大相干，但總是會殘留那個人掌心的溫度，而讓那份感情產生了某種程度的失真。

可能，趙君諾不想在任何人的喜歡上感受到屬於蘇芸陌的溫度。

畢竟那是要被捨棄的。

「妳親自來的理由。」

「因為想確認你的表情。」

「確認？」

「嗯。」蘇芸陌往前走了一步，像是試圖看穿他一樣深深望進他的眼眸，「我想確認心裡放進一個人之後的你，面對另一個人的感情會有什麼樣的表情。」

心裡擺進人之後就會不一樣了。

蘇芸陌的理智上明白這點，卻無法具切的體會。

她從很小的時候開始就已經學會不要將任何東西放進心裡，這是保護自己最消極的方法了，然而當時的她沒有其他辦法，當時的蘇芸陌只是一個孩子；

只是已經走過那麼多歲月的蘇芸陌知道，她必須試著填補空蕩蕩的內心，否則她的無心對小萌而言就是一種傷害。

放進小萌心裡的是另一份空缺。

這樣對他而言太過殘忍了。

「我把陌陌放進來了。」

那時的小萌這麼對她說。

她再也沒有見過比那時的小萌更美好的笑容了。

「對我來說世界已經不一樣了，所以，等到有一天陌陌也能把哪個人擺進心裡的時候，陌陌一定也會踏進不一樣的世界。然後我們，就不會再被拉回去了。」

然後我們。

就不會再被拉回去了。

所謂的過去。

趙君諾發現自己並不喜歡蘇芸陌此刻的眼神，像是隨時都有可能遠去一樣，也像是透過他在觀看某個與他無關的存在。

他拉住蘇芸陌的手，像是想將她拉回自己眼前一樣。

「我還是會拒絕那個女孩，也一樣不會給她任何安慰，但妳說得沒錯，心裡有人之後人大概就不一樣了。」

因為人是會動搖的。

忽然他俯下身，左手稍微施力摟住蘇芸陌的腰將她帶往他的胸前，趙君諾熱燙的唇貼上她的，他給的吻沒有多餘的修飾，而是直接並且純粹的碰觸。

想對她說些什麼，卻找不到適當的話語，或許也沒有所謂真正適當的話語，剩下的只有灼燙的溫度，從微溫的在意逐漸升溫，他不是很熟悉如此的熱燙。也不是很熟悉這樣的自己。

蘇芸陌已經嵌進了他的胸口。

如開始的突兀，結束也來得毫無鋪陳，然而趙君諾結束短暫的親吻後卻沒有鬆開手。

「為什麼吻我？」

「那邊站著一個女孩。」

「因為那個位置已經有人了，而不是他不要我的喜歡。這是詭辯。不過確實比較不傷人。」

「這樣，不只是那個女孩，大概從明天開始就可以打消很多人的念頭了。」

「你對自己還真有信心。」

「不過妳一點反應都沒有，是滿打擊人的。」

蘇芸陌並不是絲毫感覺都沒有。

在體內醞釀著的那股隱約的浮動讓她感到有些煩躁，她望著眼前銜著淡笑的男人，倘若她的不安定不單單來自於林盈安的闖入，還摻入了趙君諾的存在呢？

她和他，似乎是涉入過於多了。

蘇芸陌往後退了一步，忽然揚起甜美的微笑，戲劇化的展現總是能讓人忽視細節，趙君諾屬於敏銳的那一類人，在她能找到自己的動搖起點之前，必須遮住他的視線。

況且他已經目睹了她預期之外的一幕了。

只是在那些真實中混進一些假的，慢慢的，讓他分辨不出哪些是屬於故事，哪些是屬於真相，蘇芸陌以過於張揚的姿態抬起手，接著毫不留情地甩了趙君諾一個巴掌。

「我覺得這種發展比較有趣。」

「妳的力氣滿大的。」

趙君諾以手背試著讓發燙的左臉頰降溫，眼角餘光瞄見女孩奔跑離去的背影，他不禁笑了出來，遇上總是不按牌理出牌的蘇芸陌，還真是每一分鐘都有轉折。

說不定連上天也嫌棄他過去太過平淡乏味的生活了。

「手不痛嗎？」

「痛。」

「既然我們都痛，就一起去療傷吧。」

「不會因為兩個人一起就好得比較快。」

「但兩個人一起會讓人感覺痛不那麼難捱。」

「趙君諾。」

「嗯？」

「如果你被你的白梅拒絕之後很痛的話，帶一盒甜甜圈來我就會考慮陪你說話。」

「但我不想被拒絕。」

「這跟你想或不想沒有關係。」蘇芸陌突然有些愉快，揚起惡作劇般的笑，「因果循環。誰叫你造的業太多，剛剛還多一個。」

□

蘇芸陌慵懶地伸了個懶腰，整個人相當放鬆地靠在長椅上，她特別喜歡傍晚，日光既不灼烈，黑暗也尚未到來。

她應該離開的。

降低涉入程度最簡單的方法就是減少兩個人之間的相處，只是趙君諾那句「一起療傷」彷彿咒語般止住了蘇芸陌的拒絕。

「那天為了找妳，我差點被當成怪人。」

「嗯哼。」

「小心翼翼地接近遛狗的年輕女性，還猶疑不定的盯著對方，最後莫名其妙的喊了聲『陌陌』，見對方沒有反應就若無其事的走開……現在想想，小萌一開始給我電話號碼不就好了。」

「這樣比較有趣。」

「是嗎？」

「你渾身上下都透著一股平淡到無聊的氣息，這種氣息呢，最容易吸引某類特別熱衷於攪亂你的平靜的人。」

不知為何趙君諾第一時間想到的就是鄭品叡。

完全無法反駁她。

「陌陌。」

「做什麼？」

「我只是想到除了那天為了確認之外，我沒有喊過妳的名字。」

「名字只是符號，並不是很重要。」蘇芸陌斂下眼，但她忽然想起小萌的背負，「不過，我喜歡小萌喊我『陌陌』的各種聲音。」

在遇見小萌之前，蘇芸陌這三個字像具正在腐敗的屍體，每個喊出這三個字的人都彷彿不得不捏著鼻子靠近一樣，聲音裡帶著極度的厭惡。蘇芸陌。每響起一聲就加深了她的潰爛。在她有限的記憶當中，只要聽見有人喊出她的名字，隨之而來的便是另一道不堪的痕跡。

像是特地給個某個存在名字不過是為了方便掌握他們的厭惡。

或者同情。

但這些對蘇芸陌而言都一樣。都是一種腐蝕她靈魂的存在。

「陌陌。」趙君諾側過頭，唇邊泛開溫柔的微笑，「我覺得我的聲音也滿好聽的。」

「是不難聽。」

「從不討厭開始就好，我做人喜歡腳踏實地。」

「喜歡你的女學生們知道趙老師是這樣無趣的人嗎？」

「她們喜歡的只是想像出來的趙老師，但我大概是離青少年時期有點遠了，比起想像出來的美好畫面，帶有某些缺點的存在反而讓人更感興趣。」

趙君諾輕緩地將蘇芸陌散落的髮絲勾往她的耳後。

「例如頭髮總是綁不好的蘇芸陌。」

「你好像很希望我認同你勾引女人的能力。」蘇芸陌抬手輕貼住還停留在她耳畔的他的手，「比起這點，建議你先去把自己曬黑吧。」

「不喜歡皮膚白的男人嗎？」

「不是。」蘇芸陌的笑聲清脆地滑落，「臉紅的人來談勾引實在是太沒說服力了。」

「難道不會覺得可愛嗎？」

趙君諾收回手，不自在的撇開眼，沒想到自己居然連這種話也能流暢的說出口，不要說三年前的他沒預料到，就連三個星期前的他也斷不會相信。

說起戀愛經驗他有過幾次，但追求或者勾引什麼的，他稱得上是一張白紙，趙君諾只不過是將自己想親近她的衝動包裝成一種勾引的展現，只是蘇芸陌甚至連絲毫的動搖也沒有。

實在太讓人挫敗了。

「小萌不會臉紅。」蘇芸陌將臉湊近，冰涼的掌心撫上他熱燙的臉頰，「我覺得很有趣。」

「如果我的白梅也覺得我有趣的話，她願意讓我走得更近一點的可能會變大嗎？」

「應該。」

「那在有趣之後我應該接著做些什麼才好？」

蘇芸陌稍微偏了頭。

「讓她覺得你不會傷害她，所以靠近一點也沒關係，只是，」拉回身子也收回雙手，「你隱瞞企圖佯裝毫無所求的接近，這一點，就足以造成傷害了。」

趙君諾的雙手不自覺地握緊。

他明白。

其實他很明白。

「陌陌，我——」

「趙、趙君諾？」

那一瞬間他幾乎要坦露自己的心思，話卻在遞送之前被一道驚愕的嗓音橫空打斷，他心情複雜地轉過頭，迎上的果然是預想的人。

鄭品叡。

「我只是路過打個招呼，不打招呼實在太沒禮貌了，你知道我一直都是很有禮貌的好男人。」鄭品叡笑得貓膩，擠眉弄眼的模樣簡直讓趙君諾想挖洞將他埋進去。「這位漂亮的小姐是……？」

真浮誇。

蘇芸陌忍住翻白眼的衝動，要不是早已和鄭品叡有幾次來往，而且越來越「交心」（當然是鄭品叡單方面掏心），不然她一定不留情面直接無視他乾脆離開。

「我差不多該回去了。」

「不一起吃個晚餐嗎？沒有我沒有我當然沒有我，時間剛好，正好是晚餐時間。」鄭品叡推了推趙君諾，「你在發什麼愣？」

如果這傢伙沒出現他們兩個應該就會一起吃晚餐了。

趙君諾無奈地嘆了口氣，望著維持可愛笑容但那瞪著他的那雙眼明明白白寫著「老娘現在就要回家你快點處理你朋友不然我就處理你」，他跨了一步擋住了鄭品叡，他安慰自己，至少這麼看起來蘇芸陌對他算得上「很有好感」。

「我送妳回去吧。」

「不用了。」

蘇芸陌甚至沒有等趙君諾回應便逕自轉身離去，他發怔了幾秒鐘才提步追上，她想趙君諾應該是打算「積極主動」地硬跟在她身邊，但蘇芸陌也沒忘記自己交代給鄭品叡的任務。

真麻煩。

「不要跟上來。」

「妳在生氣嗎？」

「沒有，我為什麼要生氣？我只是不想讓怪人知道我住哪裡而已。」

趙君諾腳步突然頓下。

猛然回頭果然看見迅速將自己塞進角落的鄭品叡，沒辦法他只能折返，並且掩去蘇芸陌的背影；只是他沒有察覺，縱使是他最好的朋友，他依然不希望多一個人記下她的身影。

08

鬼魂被超渡前的心情大概就跟他一樣吧。

趙君諾無奈地注視著在他面前走來走去又反覆碎唸的鄭品叡，大意是「直接跟上去送她回家才對啊」以及「她到底是誰哪裡認識的通通招認吧」，他既沒辦法乾脆地拋出「因為人家覺得你是變態跟蹤狂所以不准我送啊」，也不能回答「她就是我媽很推崇的那個墨老師」，所以趙君諾只能像小學生一樣乖乖聽訓。

然後執行不合作的軟性抵抗。

「你有在聽嗎？」

「有。」

「她叫什麼名字？」

沉默。

「你們在哪裡認識的？」

沉默。

「我現在立刻打電話告訴趙媽媽喔。」

趙君諾依然保持沉默。

「你確定要這樣是不是？」

鄭品叡忽然以迅雷不及掩耳的姿態搶走他的手機，並且快速地確認了通話紀錄和簡訊，沒有陌生名字，來電紀錄最多的居然還是鄭品叡，唯一透著不尋常的大概就只有一封寄件者不明的簡訊。

「保密防諜有必要做到這種程度嗎？」

「我跟她甚至連朋友都不是。」

「這不重要。」

「那什麼才重要？」

「你喜歡她這一點對我來說才是最重要的。」鄭品叡霸氣的一腳踩在沙發上，「果然人默默付出是得不到回報的，我告訴你，為了你的愛情你的桃花你的下半輩子，我可是誠心誠意把腰彎得不能再彎才求到偉大的墨老師指點的，少跟我說什麼『偶然認識』，這一切都是我替你求來的！」

什麼？

墨老師？

趙君諾半神遊的思緒完全被拉回原處了。

「你剛剛說什麼？」

「哼，說我為你去求墨老師開示，你看看，不過一個月，你就開竅了，當然是我的功勞，所以你快點從頭招來。」

「她『開示』了些什麼？」

趙君諾的疑問一拋出，想邀功的鄭品叡立刻滔滔不絕地把這段時間蘇芸陌安排的過程鉅細靡遺的交代了，例如起初的飯局，再例如「碰巧」出現的何璇；但鄭品叡不知道，他的話語替趙君諾拼湊了另一個故事。

難怪擺明不喜歡他的蘇芸陌會在咖啡館跟他搭話，還容許他送她回家。讓他去買甜甜圈的主要目的是引他到附近設置巧遇何璇的舞台，而她會「路過」大概也是來確認狀況的。

還有蘇芸陌在校門外等著他的那天。

「我算到你最近的感情線有明顯的波動。」

不知不覺已經接受蘇芸陌有靈感這件事的他並沒有多做懷疑，但想必是透過鄭品叡得知他的狀態而親自來收集「女方」的訊息吧。

組合起這一切的趙君諾神色複雜地盯著眼前那個仍舊講個不停的人。

說不定，蘇芸陌之所以願意讓他接近，不過是因為和鄭品叡有工作上的協定。

而不是因為他。

「我先走了。」

「你臉色為什麼突然這麼差？該不會、其實你內心是憧憬那種命運般的邂逅，所以現在大受打擊嗎？唉啊，不管是什麼相遇，相遇的本身才是最重要的啊——」

「跟這沒有關係。」

沒有多做解釋，趙君諾以罕見的斷然姿態旋身，筆直的踏出屋外。

□

為什麼會走到這裡？

趙君諾紛亂的思緒難以落地，彷彿漫天飛舞的雪花，即便他探手最後也不過化作一抹水痕，他依舊看不清眼前飄動的一切。

其實他並不怎麼在意兩個人有著什麼樣的開端，無論是討厭他的墨老師，又或者為了替他找尋桃花而走近的蘇芸陌，這不重要，一旦有了起點才會有彼此的路途，他甚至有些感激鄭品叡讓她來到他身邊，凝滯在他胸口的並不是這一點。

而是他不願意想像兩個人的靠近在蘇芸陌眼底會不會只是「營業用的距

離」？

但他有辦法親口問出這個問題嗎？

「你站在這裡做什麼？」

趙君諾側過身，迎上對方幽深的雙眼，面容精緻可愛的少年以不搭調的冷淡注視著他，他搖了搖頭，如此簡單的提問卻是此刻的他最難以回答的問題。

「只是經過。」

「陌陌晚上不會開窗，你化作石像她也看不到。」

「你也知道嗎？」

「哪部分？」小萌面無表情地直視著他，那雙眼彷彿能探入人心一般毫不留情的竄入，「對於不感興趣的部分陌陌會乾脆地捨棄，但我不會，要保護陌陌，首先就是要仔細地審視試圖靠近她的每一個人。」

小萌的話語踩上隱喻的邊界，再一點、只要再跨過那麼一點點就要將那層藏匿戳破。

他想，那是小萌蓄意選擇的位置。

「那麼，我是可以繼續往前走的人嗎？」

「讓你走到這裡，是我的判斷，但你能不能繼續往前走，是陌陌的選擇。」

「你……跟她是什麼關係？」

「以你目前的立場，還不夠資格提問。」

趙君諾無比堅定地注視著小萌，忽然間他紛亂的思緒彷彿落定了，聚積成一塊平穩紮實的石頭，沉甸甸地擺進他的心底。

人的每一個決定都帶有重量，無論如何都必須做好承受的預備，唯有如此人才能真正成為一個有所選擇的人。

「我把陌陌放進心裡了。」

——我把陌陌放進心裡了。

小萌有一瞬間的恍惚。

他的聲音。或者他的聲音。疊合成一種近似迷幻的嗓音，小萌不著痕跡地撇開眼，明明想確認趙君諾眼底的真心，卻又不想親眼看見他的真心。

「那跟我沒有關係。」小萌冷冷地拋出言語，「我在乎的只有陌陌。」

「但她在乎你，所以我也會在乎你。」

他感覺這一瞬間的趙君諾相當刺眼又格外惹人討厭。

小萌不快地撇了嘴，連聲招呼也沒打就邁開腳步，卻在走過他身旁時扔出一句不輕不重的話語：

「你的藏匿保護的只是你自己，不是陌陌。」

□

小萌的四周簡直就像籠罩著高氣壓，抓著抱枕正在讀書的蘇芸陌偏著頭一臉納悶地瞅著一臉緊繃的漂亮少年。

不是去買個膠帶而已嗎？

蘇芸陌扔下抱枕，屁顛屁顛地跑到小萌身旁，幾乎要把整個人掛在他身上一樣貼在小萌身側，瞪大雙眼異常仔細地瞧著他，近身觀察，大概是這種意思。

小萌有沒有絲毫閃躲，他比誰都明白，縱使蘇芸陌能夠敏銳地看見每一絲細微的動搖，卻不能準確地將那些動搖往正確的因果連結。

因為那理由從未放進她的選項當中。

「我沒事。」

「不像。」

「路上遇見蟑螂。」

「真倒楣。」

無論小萌具體指的是什麼，總之就是碰上令人不愉快的事物，蘇芸陌拍了拍他的頭，像是安慰，卻也像是終於解開自己的疑問，隨後沒心沒肝的倒在小萌腿上繼續翻起她的書。

能將「我在你身邊」遞送到他手裡才是最重要的。

對於蘇芸陌而言，小萌願意說多少，不需要追問他就會主動傾露，而無論小萌說與不說，蘇芸陌都會接受，也都會擁抱他。

偶爾所愛的人的追問，或者包裝成關心的言語往往才是那根壓垮一個人的稻草，彷彿不剝開自己便像是對不起愛著自己的對方一樣，於是反覆的掙扎猶疑，顫抖著拿著刀割開血淋淋的傷口，將脆弱的自己推進更脆弱的界線，只為了不讓對方失望。

然而拚命追問的那個人做好如此的準備了嗎？

對方可是將能夠刺穿自己的刀遞交到你的手中了啊。

「趙君諾的桃花問出來了嗎？」

「沒有。」蘇芸陌嘟起嘴，可愛地皺起小巧的鼻子，「他好難纏。」

「不想繼續也沒關係，反正讓他遇上桃花就算達成任務了，酬勞也拿到手了。」

「小萌。」

「嗯？」

「我有一種希望趙君諾能得到幸福的念頭。」

「是嘛。」

「大概，是因為他心底追求的是一種趨近純粹的感情，而我也想確認那麼近的身邊確實有人能夠得到那樣的感情。」蘇芸陌落在書頁上的視線失去了焦點，鉛字模糊成一團色塊，「也可能，是因為他心裡空了那麼久，然後突然他就說他把哪個人放進去了，我想知道怎麼樣才能做到，也想知道，這麼選擇之後的他會走往什麼樣的終點……」

「走得太近也沒關係嗎？」

「我想他不會傷害我，有這種直覺，雖然很有可能失誤，但是啊，我已經決定要踏往外面的世界了，這點程度的風險還是必須要承受的。」蘇芸陌輕輕握住小萌的手，「待在只有我和小萌兩個人的世界裡真的非常的安心，而且沒有任何害怕，如果可以的話我甚至想一輩子就當作一隻烏龜躲在裡面，可是世界裡頭不單單只有我，還有小萌你啊，我不能把你困在裡面。」

蘇芸陌給了他一個甜甜的微笑。

「小萌大概會說沒有關係吧，正因為是這樣溫柔的小萌，我才更應該勇敢一點。」

一輩子都當隻烏龜也沒有關係。

兩個人就這樣躲在沒有其他人的世界裡也沒有關係。

小萌回握著她的手，終究吞嚥下了他的聲音，和著他不能攤開的感情。

「不要勉強自己。」

「嗯。」蘇芸陌用著軟糯的語調，輕巧地滑過小萌的心尖，「我有小萌，所以不怕。」

□

「我不會傷害你。」

妳這麼對我說。

所以我也不會讓妳再受到任何傷害。

□

趙君諾坐在第一次見到墨老師的這張椅子上。

摘下髮片和粗框眼鏡的蘇芸陌像是偷穿大人衣服的女孩顯得有些滑稽，但他一點也沒有發笑的心情，而是直勾勾地凝望著顯露出些許納悶的蘇芸陌。

蘇芸陌把玩著剛摘下的髮片，瞄了掩面無表情的趙君諾，暗自揣想著他的來意。

但她不打算成為打破沉默的那一個。

起點是最重要的。那幾乎意味著決定在這場對話的主導者。

「聽說墨老師在替我尋找桃花這件事上出了不少力。」

「所以你今天是特地來表達謝意的嗎？」

這傢伙生氣了嗎？

蘇芸陌心頭顫了下，表情卻不顯任何波瀾，彷彿早已預料到他的來意，唇角勾起與稚嫩臉龐不搭調的誘惑弧度，強烈的反差卻更突顯她的美貌。

「要這麼說也是。」

「那麼——」

「但主要的目的是來請墨老師幫忙的。」

「幫忙？」

「既然是妳讓我遇見了那朵白梅，那麼來請妳開示我怎麼樣才能讓那朵白梅只願意為我盛開，也是合情合理的。」

所以這傢伙不是生氣來踢館，而是為了愛能屈能伸？

蘇芸陌意味深長地瞅著他，白梅，為什麼有一種「既想幫忙卻又不想幫忙」的矛盾心情呢？

「也是可以。」

「聽到墨老師這句話，我的心整個安定下來了。」

「你今天，表現得有點微妙。」

「大概是因為心底放進一朵白梅的關係，我也覺得自己不太像自己了。」

「要我幫忙的前提是要提供詳盡而完整的資訊，不能有任何掩飾或者隱瞞，最好連偏頗都盡量修正，這點你應該做得到。」

「我會盡力配合的。」

「那好，把對方的資料給我吧，不是什麼生辰八字或星座，是個性、喜好或者遇到什麼事有什麼樣的反應這種具體有用的內容。」

趙君諾認真的點頭。

他糾結了幾天，腦中不斷盤旋著小萌的聲音，你的藏匿保護的只是你自己，小萌說得沒錯，因為不願意承受她的拒絕而卑鄙的試圖以無所圖的姿態朝她走去，然而一旦被揭露，即使自己大聲吶喊著「我只是因為想得到妳的愛」，卻仍舊遮蓋不住這個選擇所造成的傷害。

或許有些人無所謂，但透過小萌的姿態趙君諾忽然很肯定，那些無所謂的人當中絕對不包括蘇芸陌。

所以他決定面對自己的膽怯。

卻也不想毫無抵抗的承接蘇芸陌的拒絕，於是他預約了「墨老師」的諮詢，也再三強調「我現在是來拜託墨老師幫忙的」。

「那說吧。」

「我很喜歡她，不知不覺就越陷越深了，大概是我在說著在意的時候，自己的感情就已經超乎自己的預想了。」

「這種偏頗的資訊沒什麼用處——」

「當然有用。」趙君諾打斷她的話，「妳總要知道我的狀態，才好替我想辦法吧，在妳印象中那個冷淡平靜又理智的趙君諾，放在她的面前就不是這種狀況，我會採取違背理智的行動，也會做出連自己都不能想像的舉動，這些前提，我想墨老師應該先掌握。」

「好吧。」

蘇芸陌隱隱咬著唇，望著他誠懇又滿懷真心的坦率模樣讓人感到莫名煩躁，卻沒有任何迴避的方法，只能癱靠在椅背上，在限度之內拉開兩人的距離。

她心不在焉的想著，或許，是因為清楚一旦替趙君諾得到白梅的喜歡後，她和他有限的交集就消失了。蘇芸陌從來不執著於哪個人的離去，或者哪些事物的失去，但這種令人不快的揣想確實很久很久沒有在她心中浮現了。

她甚至竄出了想拒絕的念頭。明明之前還對小萌說過「我希望他得到幸福」這樣的話。蘇芸陌抿著唇，努力壓下自己的煩躁。

「只要有任何可能，不管是千分之一或者萬分之一，又或者妳認為『這種方法趙君諾應該沒辦法吧』，我都願意去嘗試。」

「任何的方法？」

「嗯。」趙君諾堅定地望向她，醇厚的嗓音彷彿帶有重量，「我是做好這樣的心理準備才來的。」

「我明白你的決心了。」

蘇芸陌的語氣實在是太過公式化，這種話找上門希望她牽線的人裡十個有八個會說，儘管出自趙君諾的口中她多少有些訝異，也願意相信他的決心應該遠高於平均值；然而決心這種事，說到底也不過是一種想像，又或一種自我滿足，在實際面臨之前，人總是以為自己辦得到。

如同她，也下過幾千次要好好克服過去的決心，卻總是在緊要關頭又縮回安全的殼裡。

「說完那些抽象的部分，我也充分明白你的愛與堅定，現在能進入具體的程序了嗎？」

「嗯。」

「先給我名字、職業、年紀這些基本資料吧。」

趙君諾深吸了一口氣。

短暫地斂下眼後再度將視線移回她清澈的雙眼。

「蘇芸陌。職業應該是命理師，偶爾會接一些打工，感覺好像有點缺錢。年紀我不確定，我猜測應該是二十五歲上下。特別喜歡吃甜食，但對其他料理一點都不挑剔。身邊有個很漂亮的大學生，讓人有點在意，但我想這應該不是太大的問題。不擅長打理自己，特別是頭髮——」

「等一下。」

「我還沒說完。」

「你現在是在惡作劇嗎？報復我私下和你朋友串通讓桃花們有機會靠近你？」

「不是。」趙君諾清晰地說著，「從進來到現在，我的每一個字都沒有任何掩飾，都是真的。」

「你——」

「我說過，我今天是來拜託墨老師幫忙的。」

「然後？」

「妳已經答應我了。」

蘇芸陌氣鼓鼓地扯著兔子玩偶的耳朵，腦海中不自覺就會浮現趙君諾那張冷靜又堅定的臉，無論她說了些什麼，他始終平穩地拋回「妳答應我了」，覆蓋每一回合。

簡直就是像拿著單一技能從史萊姆沿路打進魔王城一樣，但問題就在這裡，他就是打進魔王城了啊，在蘇芸陌看來，以平淡的臉站在城門外的趙君諾才更像邪惡大魔王吧。

「那傢伙實在太討人厭了。」

「他滿有創意的。」

「現在是誇獎他的時候嗎？」

「但妳答應他了。」

「不要再說這句話了！」蘇芸陌把兔子玩偶扔向小萌，這句話大概會成為「討人厭句子排行榜」的前三名，「這根本是圈套。」

「戀愛的本質就是一場相互攻訐，就算他放下了餌，但咬下去的妳才是應該檢討的那一個。」

她沒辦法反駁小萌。

正如同趙君諾所說的，對於他自身的感情打從起初他就沒有絲毫隱瞞，白梅，儘管以迂繞的方式談論卻也沒有刻意拋出錯誤訊息，更沒有虛構一個不存在的人物，他只是沒有明白的坦露而已，蘇芸陌甚至想著，倘若她在這途中無心的問出「該不會白梅是我吧」，得到的或許也會是一個肯定。

再說了，對著一個明擺著會拒絕他的人，想藏匿自己的感情也是理所當然……等等，她為什麼要替他考慮這些？

「以後再檢討，現在重點在於解決眼前的麻煩。」

「人對於自身的錯誤還真能輕輕帶過呢。」小萌揚起挖苦的淺笑，瞇起眼卻讓神情更顯銳利，「妳好像忘了，妳踩進的圈套，正好是妳眼前的麻煩設下的。」

命中要害。

小萌實在太殘忍了。

「我明天去找他，乾脆的拒絕，無論是以墨老師的身分拒絕幫忙，或者是以蘇芸陌的身分拒絕他的感情。」

為什麼如此的動搖呢？

小萌安靜地凝望著正鼓勵著自己「我絕對能打敗那傢伙」的蘇芸陌，想著，在這之前的她總是無比冷酷地給出拒絕，偶爾殘忍才是最大的溫柔，她明白，他也清楚；然而此刻的蘇芸陌卻拿不出她擅長的冷酷，是不願意對趙君諾冷酷，又或者無法對趙君諾冷酷？

其實連仔細思考都不需要，趙君諾拿出的是一種詭辯，他設下的圈套到底也不過是一種耍賴，少年想著，可能連這一步路都是他的試探，因為所謂的耍賴，對毫不在乎的人一點用處也沒有。

蘇芸陌沒有察覺嗎？

或者是她不願意去察覺？

「陌陌。」

「嗯？」

「趙君諾的提議也不是壞事。」

「什麼意思？」

「妳不是在找把一個人放進心裡的方法嗎？就這點來說，妳和趙君諾的目的是一樣的。」小萌斂下眼，落在桌面的視線卻找不到焦點，「把他當作實驗對象看待就好，比起憑空想像，這樣說不定快多了。」

「我不能利用他的感情……」

「陌陌，我明白這樣非常自私，但偶爾，」小萌進行了一次長長的呼吸，那之間的停頓沾染了太過厚重的水霧，「人必須自私才能得到幸福。」

「小萌……」

「沒關係的，就算妳變成全世界最自私的那一個人，我也還是在身邊。」

那麼，趙君諾的感情該安放在哪個位置？

好不容易把一個人放進心裡的趙君諾該怎麼辦才好呢？

蘇芸陌咬著唇，卻擺不出堅定拒絕小萌提議的表情，她只能低下頭，沉默地吞嚥著自己的動搖。

□

他需要鄭品叡。

趙君諾說服了自己整整一個晚上才勉強接受這個事實。

儘管他和蘇芸陌相識並不久，相處也總是太過短暫，然而與某個人節奏的契合從來就與時日沒有太大關係，像是彼此體內存在著相似的振動，極為輕易就能明白對方的思緒。

這或許是兩人距離快速拉近的理由。

也是問題所在。

趙君諾想，在通往蘇芸陌的路途中他似乎碰上了某個難以跨越的關卡，在他有限的移動範圍內找不到另一條通道，如果不願意繼續滯留在原地等著那些接近虛無的「或許」，就只能設法擴大自己的移動範圍。

「她如同預期一般表示拒絕了，但我盡全力讓自己還站在她的面前，不過繼續這樣下去，遲早她會找到辦法把我攆出去。」

「是因為受到墨老師感召嗎？我怎麼覺得你說的話有點深奧。」

「簡單一點來說，」趙君諾深吸一口氣。眼前這個以掀動他情緒為樂趣的人正揚著燦爛的笑容，彷彿他流露出越多的挫敗，或者越多的煩悶，他就越開心一樣。「我需要你幫忙。」

「就算你不說我也一定會幫你的啊！」

「那——」

「但在那之前，總是要先『分享』一下我從來沒聽過的『趙君諾愛情故事』吧！」

對他而言，戀愛是一種相當私人的感情，所以他從未以戀愛作為談論的話題，儘管對此相當不以為然但鄭品叡不會勉強他，卻並不表示他不會把握機會逼他吐露。

此刻對鄭品叡來說就是最好的時機。

於是他不得已編造出一個合理的故事來交代他和蘇芸陌的相識，內容並沒有太大的虛假，只是他剔除了某些細節，順便將墨老師與蘇芸陌切割成兩個存在。

例如，初次見面是受到墨老師的助理少年指引，就在他們偶爾會去打球的公園。

再例如，由於墨老師的開示要他不只把手掌攤開，連胸口和呼吸都要打開，他才答應和同事一起參加聯誼，沒想到卻再次偶遇了蘇芸陌。

於是在種種的巧合錯雜之後，她以安靜的姿態落進了他的心底，拖曳出長長的痕跡，之所以不願意吐露，是想、獨自藏住屬於蘇芸陌的一切。

趙君諾嘆了一口氣，某些話說過一次兩次之後不知為何就流暢了起來，他有點鄙視自己，但更鄙視對他的說辭表現出極為感動的鄭品叡。

「沒想到我真的能從我們家君諾口中聽到這些話，我好感動，真的好感動喔……」

忍耐。

趙君諾低下頭，再度告誡自己絕對要忍住。

「總之，我需要一點建議。」

「死纏爛打最有用了，把各種可以用的方法都用上一次，多少會有點進展的。」

「不要想利用我來實現你腦袋裡的小劇場！」

「我不否認這點啦。而且我的小劇場都很精采喔，呵呵呵。」鄭品叡拍了拍他的肩膀，「不過，這也是我的回答，感情就是一場相互拉扯，兩個人面對面的時候就會越走越近，兩個人背對背的時候就等著繩子斷裂的那一瞬；而你和那個人，你面對著對方、她背對你，要想得到結果，不是她轉過身來，就是你鬆手轉身背對她，就只是看誰先放棄自己的執著而已。」

鄭品叡忽然正了臉色，聲音也沉了些。

「但是必須做好更多預備的是你，因為現在望向對方的那一個人是你，所以你得一次又一次的承受她的拒絕，看著她的背影拚命地往前走，無論你的耐受力有多大，有多麼堅強，那些拒絕所造成的傷害和疼痛仍舊會深深劃在你的心上，特別是，在這途中你可能會越陷越深，你就會越來越痛。」他說，語調顯得異常緩慢，「而且還有一種很糟糕的狀況，說不定你到了最後會分不清自己硬扯住的理由究竟是由於愛，或者，只是一種不甘。」

「我知道。」

「不，你不知道。」鄭品叡別開眼，言語以安靜的姿態緩慢地滑出，「不在那裡頭的人無論如何想像都不會明白，君諾，我希望你永遠都不要明白。」

「所以才讓你幫我，不是嗎？」

「也是。」鄭品叡淺淺地笑了，收回他短暫漂離的心緒，他明白如此輕輕帶過是趙君諾的體貼，既然如此他也應該坦白一些。「但在那之前我覺得有一件事你要先知道。」

「什麼？」

「趙媽媽知道了，我昨天不小心說溜嘴了。」

「你說什麼？」

「不過她答應過我，一定會裝作什麼都不知道，看吧，她這不就忍了一整天都沒追問你，因為墨老師說過，如果你這次不把握住，下一次就在五年後了……喔，但她應該會去找墨老師，畢竟老師是你戀愛裡的最大明燈吶……」

他媽媽去找蘇芸陌了？

趙君諾猛然站起身，拚命忍住踹鄭品叡一腳的衝動，他無力的甩了甩頭，蘇芸陌一定會生氣，絕對會生氣，而且百分之百會認為這一切都是他的陰謀。

「你、不准再去找墨老師。」

「為什麼？」

「因為她——」

「她怎麼了？」

「我已經去找過她了，往後，我會自己去。」趙君諾深深地吸了口氣，何況他不能讓這傢伙把他們的策略在實行之前就悉數呈到蘇芸陌面前讓她過目，「自己的姻緣當然要自己把握，這也是，墨老師的開示。」

「我們家君諾果然長大了——」

趙君諾瞪了他一眼，拿起鑰匙就準備往外走，他沒有說再見，卻在離開之前意味深長地拋出聲音：「這一切，都應該歸功給墨老師。」

□

果然。

當一個人踏出了卑鄙的第一步，接下來就沒有最卑鄙，只有更卑鄙。

蘇芸陌注視著臉上表情混雜著欣慰、不安以及急切的趙媽媽，心底又咒罵了趙君諾一次，同時也把沒擋住門的小萌也埋怨了一輪。

她抿著唇，擺出高深的表情事實上她根本就在回想昨晚料理節目介紹的西班牙海鮮燉飯，沒辦法，趙媽媽這半小時內以不同方式、口吻闡述的內容大意都是差不多的，總之她很感激蘇芸陌，但基於這些那些的理由，懇切地希望蘇芸陌能替趙君諾綁起紅線。

錯過這次就必須再等五年啊！

蘇芸陌蹙起眉，自作孽啊，沒想到她當初為了替趙君諾添加一些他缺乏的急迫感而隨口胡謅的話，如今卻反過來擠壓她，報應來得還真快，但她明明就是好心啊，真是好心沒好報。

「趙媽媽，我實在無能為力……」

「可是……」

趙媽媽話起了頭卻又哽在喉中，欲言又止的模樣卻撞上了蘇芸陌的軟肋，她見過各式各樣得寸進尺的人，特別是那些從她的建議中得到某些益處的人，以「我真的很感激妳」作為開場白，心裡要的卻是更多，並且不願意接受任何拒絕，彷彿他們的要求是合理的，而回絕的蘇芸陌才是傷害彼此關係的那一個。

嘿，既然妳都能幫我打開城門了，那也該幫著我把魔王解決掉啊，保持著這種想法卻徹底把「打魔王這件事根本與蘇芸陌無關」忘得一乾二淨，而理直氣壯地埋怨著。真是荒謬。

她起先以為捧著相同開場白的趙媽媽也會成為那一邊的人，不知為何她有些失望，彷彿心底有一道聲音希望她不是，蘇芸陌忽然發現自己竟然開始對某些人產生了期待，期待，那是一種被她拋棄很久的感情，她覺得有點陌生，對此刻的心情，也對於此刻的自己。

然而趙媽媽卻在猶疑之間走往了她期待的那一端。

「對不起，讓老師那麼為難，因為那孩子實在讓我擔心太久了，心煩了那麼久的事在老師指點之後就有了改變，所以立刻就想著來拜託老師……」趙媽媽露出不好意思的表情，「昨天一聽見品叡說君諾那孩子有了喜歡的女孩子，我實在是、實在是太開心了，所以真的是太心急了……」

「這是人之常情，趙媽媽不需要道歉。」

「我真的是，都還沒好好謝謝老師……」

「沒什麼好謝的。」蘇芸陌扯開輕淺的笑，她突然覺得面前這個笑得靦腆的婦人真是可愛，「我的能力有限，並不是每個人的因緣我都能感應到，我不幫忙是因為這樣，所以請不要多想。」

趙媽媽點了頭。

她知道眼前的婦人大概最擔心的就是這一點了。

只是，一想到自己是趙君諾的白梅，蘇芸陌就有種自己好像做了什麼壞事不太敢和趙媽媽對上視線，特別是在她和小萌談論到「要不要拿趙君諾來測試她自己的感情」之後。

「那——」

蘇芸陌才說了一個字門就以突兀的方式被推開，她抬起頭，恰好迎上雙頰染著潮紅並且輕微喘著氣的斯文男人那雙幽黑眼眸。

「君諾？」

「我來接妳回家。」

回家。

這兩個字輕輕震動著蘇芸陌的意識，她看著一臉侷促的趙媽媽，原來她是瞞著趙君諾來的，他看起來有些無奈，卻沒有生氣或埋怨，緩慢地走上前，自然地拿起了趙媽媽的提包，然後牽起她的手。

所謂的回家。

應該就是這種風景吧。

「老師不好意思，下次我再好好謝謝妳……」

「我等一下再過來。」趙君諾直直地望進她的雙眼，毫無掩飾，她想，或許這是他選擇的策略，「今天的事，真的很抱歉。」

他說出口的不是解釋，而是乾脆果斷的道歉。

所謂的家人是不是都會接受彼此的錯誤並且主動上前代替對方贖罪呢？

「這裡沒有需要道歉的事。」

最後她這麼說。

□

趙君諾一小時後再度推開工作室的門，裡頭卻沒有蘇芸陌。

漂亮的少年狀似無聊地翻閱著推理小說，抬了下眼確認來者後又興趣缺缺地將注意力拉回故事內，他緩慢走近接著拉開椅子坐下，既沒有打擾少年的意思，也沒有表現出絲毫迫切。

「這算沉得住氣嗎？」

「即使我心浮氣躁地追問，你也不會因此改變心意，更何況我的情緒應該不在你會在乎的範圍之中。」

「陌陌不想見你。」

「我多少有猜到這點。」

「你是認真的嗎？對陌陌。」

「對於我的答案你會相信多少？」

「聰明的人果然很惹人厭。」

小萌啪的一聲猛然闔起厚重的小說，蘇芸陌其實並沒有不想見他，在趙君諾帶著他母親離去之後蘇芸陌站在原地很長一段時間，彷彿陷入了極深的思索，小萌想，處於這種狀況下的蘇芸陌太過脆弱也太缺乏防備了，他沒有考慮太多，純粹不想讓趙君諾看見那樣的蘇芸陌。

至少現在還不想。

人總是這樣，縱使是遲早都必須走到的結果，卻總是想著能晚一秒是一秒，小萌安靜地看著趙君諾，即使只是一秒鐘也還是不同的。

一個人的貪心總是那麼大，卻也是那樣小。

「我只是以我的方式試著走向她，這一條路碰上了牆就轉身再找另一條路就好，我設想過各種可能，其中最艱難的處境大概就是你守在她身邊擋住每一條路，比起我，我想她更願意選擇你，對於這一點我非常在意，但我沒有打算去動搖這一點。」

「什麼意思？」

「人的心底都有最重要的部分，如果我能走進她心裡，我當然會希望自己成為那部分，只是，我也很清楚，大多時候人心中的順位是在很早之前就已經被決定了，我會接受這一點，更正確的來說，我已經接受了這一點才決定往前走，所以即使你擋在我前方，我所做的只會是想辦法讓你帶我走過去，而不是除去你。」

這就是理由嗎？

還是答案？

「真是打動人心的說辭呢。」小萌嘲諷地勾起唇角，隱在桌下的手卻不自覺握緊，「還站在那麼遠的距離外的你，到底是以什麼樣的立場來說這些話呢？」

「這跟我站在哪裡沒有關係，無論我離得多遠多近，給出的答案都一樣。」

「我真的很討厭你。」

趙君諾忽然笑了。

其實他能感受到小萌釋出的善意，大概從讓他到公園找蘇芸陌那一瞬間最能明白他的放行，只是他也不會忽視小萌的抗拒與不善；他想，或許小萌是矛盾而徬徨的，認真說起來他也不過是個孩子，卻扮演著保護蘇芸陌的角色，另一方面可能也比任何人更需要蘇芸陌，這樣的小萌，一定比誰更害怕蘇芸陌在選擇了哪個人之後捨棄了他吧。

然而即使考慮過了這一點，小萌仍舊希望蘇芸陌往前走，對於如此的他，趙君諾衷心地感到佩服。也能清楚明白，在他自己之前，首先是蘇芸陌。

「陌陌一開始也這麼說。」

「我更討厭你這樣喊陌陌。」

「你應該也會討厭我叫你小萌。」趙君諾聳了聳肩，「反正我大概就是討人厭的角色，那我就不用顧慮太多了。」

小萌冷冷地瞪著趙君諾，卻沒有糾正他的稱呼。

沉默了幾秒鐘後他忽然站起身，拉開一旁的抽屜拿出一張事先寫好的白紙，小萌盯著紙上他略顯潦草的筆跡，在趙君諾來之前他做了決定卻下不定決心；但他想，也許趙君諾真的會是那一個人，能被蘇芸陌放進心底的人。

深吸了一口氣他終於轉身將紙放在趙君諾桌前。

「星期六下午到這裡接陌陌，就待在這裡等，不管多久等著就是，也不要試著聯絡她，任何多餘的動作都不要，你唯一要做的就只有、等待。」

「也不要問是嗎？」

「因為答案不應該由我給你。」

「我知道了。」

「趙君諾，你要記住，所謂的真心，可能是溫暖的擁抱，也可能是尖銳的利器，所以對我而言你抱持著多少真心我並不在乎，我只在乎你給陌陌的會是些什麼。」

「我不會傷害她。」

「這、也跟你的決心沒有關係。」

10

煙霧繚繞，一種迷幻的氣息彷彿瀰漫著整間屋子，讓人恍恍惚惚看不清四周的模樣，蘇芸陌以恰好的安靜隱沒在角落，她比誰都清楚，自己以何種姿態待在這裡都不重要，身旁的人需要的是「蘇芸陌在這裡」的事實。

她剛好身上套著「蘇芸陌」的戲服罷了。

其實她可以不來的。

從某一瞬間蘇芸陌就已經明白無論自己多麼努力都無法從這裡頭的任何一個人得到她所冀盼的感情，既然如此乾乾淨淨地切斷、捨棄才是最輕鬆明快的途徑，縱使她被冠上更多不堪的標籤，但比起過去她所承受的，不過像是軟弱無力的鞭打。

然而她卻逼迫著自己前來，每一年都是，即使過後她必須花上很長的一段時間來填補陷落的黑洞，她依舊是來了。

蘇芸陌抬起頭以不帶感情的眼安靜地凝望著那張男人的照片，父親，應該是這樣的，她卻記不得更多的畫面，除了他的轉身，偶爾還有他讓蘇芸陌乖乖聽話不要吵鬧的叮囑，透過話筒那讓人甚至不能肯定是真的，卻在那些時期成為蘇芸陌唯一的盼望。

然後破滅。

從更早的時候，彷彿只要是蘇芸陌的盼望就不得不落空，她希望母親回頭，母親卻連一眼依戀都沒有留下。她希望父親能牽著她的手，父親卻總是將眼別開，乖乖聽話，在凝滯之後總是化作這四個字，除此之外再也沒有其他。

還有其他人，諸多的人們，她努力過，真的比任何人都還要努力，拚命扯著笑，拚命將自己塞進他們希望蘇芸陌待著的位置；但當時的她還不能明白，打從一開始她的理解就錯了方向，蘇芸陌的存在本身就是最大的問題，那不是任何努力能夠彌補或者覆蓋的事。

刺眼而使人厭惡的蘇芸陌，至多，也只能成為安安靜靜不礙眼的存在，然後就能夠順理成章的忽視了。反正她會照顧好她自己，反正她本來就該學著獨立，反正她本來就不是我的責任。反正。

「果然人比飛蟲還笨。」

蘇芸陌斂下眼，拉整了衣服，人已經散去得差不多了，她以不惹眼的姿態收拾著雜物，安分，聽話，不需要耗費太多心思在她身上，雖然看不順眼但勉強能忍受，她的定位大概就在這個位置。

「妳可以走了。」

「嗯。」

她順從地點點頭，望了眼這個滿臉皺紋應該被她稱為奶奶的老人，瞬間她有些恍惚，一切的惡意彷彿就從這個老人作為起點，其實她不恨拋下她的母親，也不那麼恨為了養家而必須到遠方的父親，但蘇芸陌深深恨著她，這個老人，以她的惡意反覆鞭笞著她的母親，後來母親逃了，她的惡意轉了方向來到了她的身上。

老人冷酷的轉身，眼角餘光還拋出濃重的厭惡，一如既往，蘇芸陌忽然有點想笑，對於呼吸開始顯得有些困難的自己感到荒謬的可笑，她年復一年的踏回這個充滿惡意的所在，究竟是為了測試自己，又或者還存有不切實際的想望？

她艱難地深吸一口氣，轉身，然後離開。

不要再回來了。

一如既往。每次離去時她都如此告誡著自己。

□

趙君諾望了眼腕錶上的時間。

四點二十分。

從兩個半小時前他就坐在街口的便利商店露天座位等著蘇芸陌的身影，幾天前小萌拿給他的紙上寫的就是這裡，他並沒有被耍弄的懷疑，小萌眼底的堅定太過沉重。

等在那裡。

無論多久都不能先行離開。

趙君諾想像著或許小萌一直都是扮演著這樣的角色，參加聯誼那天也是，少年是從什麼時候等在門外的呢？只要蘇芸陌踏出餐廳就能迎上讓她安心的風景，他想，小萌沒辦法預測她起身的時間，那麼也只有一個選項。

只要讓她在任何瞬間推開門都能看見他就好。

少年究竟是抱持著什麼樣的心思做到這種地步呢？

趙君諾的雙眼緊緊盯著前方路口，每一秒的流逝都讓他的心思越加清澈，也許，少年試著告訴他一份愛的重量有多麼沉，也可能想讓他明白，他希望擁抱的蘇芸陌有多麼脆弱。

偶爾，擁抱也是會傷人的。

在他的思索之中蘇芸陌的身影以緩慢的姿態踏進他的視野，帶著深深的恍惚，趙君諾想起她掛起甜美面具的那一天，她的步伐有著類似的踉蹌。

趙君諾起身，邁開步伐盡可能快的抵達她所在的位置，揚起輕淺的微笑，就站在她的面前。

「趙君諾……？」

「嗯。」他伸出手，溫柔地順了順她散亂的髮，「小萌讓我來接妳。」

「是嘛……」

「妳看起來不是很好。」

「很不好。」

「雖然我沒有小萌的美貌，但如果是胸口的話，應該會比他寬一點。」趙君諾往前踏了一小步，伸手將蘇芸陌拉進自己的懷抱，「所以待在這裡的話，我想會很舒服的。」

蘇芸陌的臉頰貼靠在他的胸膛，熱熱燙燙的，她閉上眼，屬於趙君諾的震動以穩定的速度傳遞而來，呼吸裡滿滿都是另一個人的氣味，反覆告訴她，妳不是一個人。

她抬手抓住趙君諾的衣襬，心臟的中央彷彿有道力量緊緊的揪著她，疼痛感就從那微小的點開始作用，逐漸，攫獲她整個身體。

好痛。

為什麼總是好不了呢？

她想踏離過去，但另一腳卻彷彿被綁在那邊界動彈不得，於是她既不屬於這一邊，也不被另一邊所承認，她便找也找不到歸屬。

「陌陌，把我當成小萌也沒關係，只要能讓妳感到放心就好。」

「任何人都不能成為另一個人。」

「那麼，如果是趙君諾的話，能夠讓妳得到安慰嗎？」

「趙君諾。」

「嗯。」

「我的心空蕩蕩的，沒有東西可以給你，跟你或者你的感情沒有關係，純粹是，我的體內沒有存在能夠給任何人的感情。」

「妳說謊。」

「這不是為了拒絕你才想出來的說辭，而是——」

「陌陌。」趙君諾輕拍著她的背，溫柔的打斷她的聲音，「妳心底不是放著小萌嗎？這種誰都看得出來的事，結果妳告訴我妳的心底空蕩蕩的，看來妳的藉口也沒有比我忘記電話號碼還高明。」

「不是藉口……」

「沒關係，我說過我是腳踏實地的那種類型，在妳願意給我一些什麼之前，我所要做的，大概就是設法把我的心情放進妳心裡……到那時候，妳再決定要接受或是拒絕，好嗎？」

「你會受傷的。」

「墨老師不是說過，到時候只要帶一盒甜甜圈，就會陪我說話嗎？」

「你也跟飛蟲一樣笨。」

「小萌說聰明的人很討人厭，我想討妳喜歡，所以笨一點比較有利吧。」

熱燙的淚水緩慢從她眼角滑落，蘇芸陌閉上眼，她想，趙君諾真的是一個非常溫柔的人，而且非常非常溫暖。

——我可以相信你嗎？

那時她這麼問小萌，這一瞬間蘇芸陌忽然想開口問趙君諾同樣的問題。

然而逐漸醞釀的念頭終究沒有成形，她長長的睫毛染著細微的顫動，蘇芸陌忽然在那些散亂的心思裡頭瞥見了自己的期待。

對於趙君諾的期待。

只是她曾經捧在掌心中的種種期待都只會迎接落空。

她很害怕。

「現在的我、不能給你任何答案。」

□

他和她手牽著手。

橘黃色的夕陽餘暉將兩人的影子拖曳得很長，他們走得很慢，彷彿走在時間的尾端，以和整個世界不一樣的速度兀自前進著。

蘇芸陌第一次感覺自己能以如此格格不入的方式自在的在這個世界行走。長久以來她只能勉強自己跟上其他人的步調，遇見小萌以後他們創造了只屬於彼此的世界，讓人非常安心的世界，但那不是能夠久待的地方，在之中蜷縮得越久，她和小萌便越難屬於這個世界。

她垂下眼，盯望著兩人交握的雙手，小萌是這樣帶著妳回家的吧，他說，趙君諾的唇邊泛著溫柔的微笑，以不帶侵略的輕緩牽起她的手，將速度放得很慢很慢，但她很清楚無論將速度放得多慢，路的盡頭總是在前方。

「今天，是我爸的忌日。」

「很辛苦的一天吧。」

「嗯。非常辛苦。」她側過頭望向趙君諾，恰好迎上也看著她的幽黑雙眼，「踏進過去這樣的事，不管幾次都沒辦法適應，稍微一靠近就感覺某部分的自己也許就會永遠停滯在那個時間點，這樣一次又一次，我體內的東西就幾乎不剩下什麼了。」

「這樣聽起來是好事呢。」

「好事？」

「妳之所以變成空蕩蕩的模樣，是因為東西留在『過去』裡面，而不是什麼都沒有，就算會很艱難，但總是有辦法把東西從過去給拿過來。」他揉了揉蘇芸陌的頭，「比起無論這邊那邊真的什麼都沒有的人，要把陌陌變紮實，多少還是有希望的。」

「多少還是有希望的……？」

「我很想肯定的對妳說『一定可以的』，但是這種期待偶爾會帶來更多壓力，我好歹也是個老師，比誰都明白這一點。」

「因為我是你的白梅嗎？」

「什麼意思？」

「對我這麼好的原因。」

「是也不是。」趙君諾頓了一會兒，以無比認真的神情與口吻清晰的說著，「因為妳是蘇芸陌。而蘇芸陌剛好是我的白梅。而且其實我也沒辦法回答這個問題，現在的妳就是那朵白梅，就算想像『如果妳不是』之後給出回答，那也只是一種想像。」

蘇芸陌停下腳步，抽回被趙君諾握住的右手，揚起頭筆直地望進他的眼眸。融進橘黃色光芒裡頭的男人顯得有些失真。

「放進你心中的蘇芸陌，也只是你的一種想像。」

趙君諾探出手，再次握住蘇芸陌略顯冰涼的右手。

這雙手、這溫度並不是想像。

「所以我正試著收集關於妳的一切，當我心底的妳越來越接近真實，我想，我對妳的感情也會越來越真實。」

真實。

……是嗎？

「你會受傷的。」

「陌陌，」趙君諾放慢了語速，「我不會因為害怕受傷就停在原地，那樣只會讓我連受傷的資格都沒有。」

「趙君諾。」

「嗯？」

「把眼睛閉上。」

「好。」

趙君諾沒有任何質疑便闔上了雙眼，蘇芸陌仔細地凝視並且描繪著他的輪廓，她想跨過去，想將膠著在「過去」的那隻腳抬起；只是她害怕在趙君諾眼底映現失望或者同情，即使對於這些情緒太過熟悉，但蘇芸陌卻不希望他成為其中之一。

因為她對趙君諾逐漸產生盼望了嗎？

「你還有喊停的機會，至少對你而言的蘇芸陌還會有著美好的印象。」

「但那不是妳。」

蘇芸陌無聲地嘆息，說不定，害怕他心中印象崩毀的那個人其實是她。

「我是一個誰都不要的人。」

她說。

沒有鋪陳也沒有預備拍。就這麼乾脆的給出了一個開始。

然而蘇芸陌的聲音卻顯得有些斷續而艱難，坦露過去並不是件困難的事，她從未隱藏過自己的經歷，但她清楚知道這一瞬間不同，趙君諾是不一樣的，她所傾吐的不僅僅是「事實」，還有自己。

「在遇見小萌之前，我就是活在那樣的世界裡頭，誰都不需要我，誰都想將我扔棄……一開始我也努力過，期盼過，但我想我一開始站立的位置就錯了，無論我拚命做些什麼都改變不了……所以我放棄了期望，雖然什麼都沒有，卻也因此沒有任何東西能夠失去，或許除此之外還有很多選擇，但對那時的我來說，就只能想出這樣的辦法了……」

趙君諾垂放的雙手不自覺地握緊，他能清晰地感受到透過蘇芸陌聲音傳遞而來的無望與飄忽，他想抓住她，無論是一個擁抱或是一個微笑都好，他想給出一些什麼；然而此刻他唯一能做的，便是忍耐著所有感情與衝動，緊緊地閉著雙眼。

因為那是蘇芸陌的期望。

「……我媽離家出走之後就沒回來了，那時候我才剛穿上我媽帶我去買的小學制服，接著我爸說因為工作沒辦法好好照顧我就把我放在奶奶家，但奶奶不喜歡我，因為我跟我媽長得像，她總是用充滿鄙棄的眼神瞪著我，連一句話語都不願意給我……後來我爸出意外過世了，奶奶的理智大概跟著斷了，所有顧慮我爸而必須收斂的惡意通通竄了出來，她總是用著尖銳的嗓音反覆對我說，『妳爸都是妳害死的』、『妳爸都是妳害死的』……每天我所面臨到的第一瞬間，就是她的惡意，彷彿我的世界就那樣了，再也沒有其他了……

「之後奶奶被二叔接去美國，我就留給沒有小孩所以考慮要收養我的小叔，奶奶非常反對，她大概恨不得把我塞到哪個垃圾桶裡丟掉吧，只是我很擅長演技，也擅長掌握那些大人期待的模樣，為了得到誰的疼愛我一直很乖巧聽話，我以為小叔和小嬸嬸對我的好是真的，但手續才辦到一半小嬸嬸就懷孕了，然後我又被捨棄了……接著我就被送來送去，最後待在某個經濟狀況很好的遠房親戚家，他們家有個跟我年紀差不多的獨生女，說是我可以陪她，但在他們眼裡，我大概比較像可以隨意使喚的傭人，這些我覺得沒有關係，他們本來就沒有理由供我吃喝，我一樣扮演著他們要的角色，安分、聽話又不惹眼，甚至由著他們的女兒使喚，替表妹收拾爛攤子……只是有一天我突然明白了，把自己比作傭人大概是太看得起我自己了，我表妹，突然闖進我的房間搧了我一巴掌，還大叫著『妳為什麼不去死』，原因不過是她暗戀的男孩喜歡我，就只是那樣而已，我的個人意志從來就無關緊要，我不該讓她喜歡的男孩看上眼，就只是那樣我就應該去死，你說，人還有什麼其他不去死的理由呢？」

蘇芸陌說了很長很長的一段話，起先她以為這會是非常困難的事，藏匿在深處的話語卻彷彿終於找到了出口一樣不斷湧出；她的身體輕輕發著抖，望著始終閉著眼的趙君諾，她不知道自己在他張眼的那一瞬會看見什麼顏色。

他和小萌是不同的。

小萌和蘇芸陌有著相似的疼痛，因此他們能夠輕易的理解彼此，也不存在著所謂的同情或者失望甚至厭惡的問題，他們相互擁抱彼此的靈魂，在彼此的懷抱中找到自己能夠停留的位置；但趙君諾不是，他是一個踏在平凡而順遂的路途上成長的人，這樣的人，往往會以自己的想像去解讀她的過去，然後給出同情以為那就是一種安慰，卻從未察覺那事實上是最殘酷的傷害。

彷彿兩個人是不對等的。妳是必須被憐憫的。

但她只是希望對方眼底的蘇芸陌，還是起先的那一個。

「睜開眼睛吧。」

趙君諾緩慢地把眼睛張開，突然竄入的光線讓他的視野產生短暫的模糊，蘇芸陌毫無表情的臉龐逐漸清晰，這讓他鬆了一口氣，他害怕蘇芸陌的坦露事實上是一種更深的拒絕，但她清澈的眼眸中除了染著讓人心疼的哀傷外，沒有其他的冷酷。

蘇芸陌不太能理解他眼底閃現的情緒。

但至少，沒有同情的痕跡。

「謝謝妳告訴我這些。」趙君諾溫柔地擁抱著她，「下次，我也把我的秘密告訴妳吧。」

「嗯。」

「陌陌，我們回家吧。」

回家。

他這麼說。

「好。」

二〇

「我們走得出這裡嗎？」

「大概沒辦法吧，因為我們是拿著磚塊繞著圈一點一點建築起這個世界的啊，不知道從什麼時候開始就找不到通往外面的路了，畢竟我們當初是拚命想把彼此和世界隔開，說不定連微小的縫隙都想辦法封起來了。」

「也是呢。」

「不過單憑我們兩個，說不定也沒有把牆蓋得多牢固，哪天會裂開縫隙或是被撞破也有可能吧。」

「那麼，某一天會有第三個人走進來嗎？」

「不知道。」

「如果有的話，會留在這裡陪我們嗎？」

「可能吧，但我比較希望他能帶著妳離開這裡，待在停滯的時間裡頭太久的話，就再也回不去原本的世界了。」

「我希望能待在有小萌的世界。」

「但比起能夠待在妳身邊，我更希望妳能得到幸福，因為在妳找到我的那一天，我就已經得救了，只是，我卻不是能夠替妳療傷的人。」

「我總有一天可以自己痊癒的。」

「陌陌，有些傷口是沒辦法自己痊癒的，非得要有哪個人，其實妳也很清楚吧，我擋在妳面前保護妳是為了我自己，所以為了妳自己，需要捨棄我的那一天就必須乾脆的捨棄。」

「我不要。」

「能聽見妳這麼說，對我而言就足夠了。」

「說不定，走進來的那個人會一起帶我們離開這裡，小萌，我們就等著這樣的人出現吧，這種程度的期望，應該，能夠擁有的吧？」

12

好像有什麼不一樣了。

蘇芸陌靠在小萌肩上眉心不自覺輕蹙，她的思考找不到適當的著力點，於是對於眼前的畫面產生了巨大的困惑，卻無從找尋出口。

「這傢伙為什麼在這裡？」

「誰知道。」

場景是蘇芸陌和小萌住處的客廳，位置是擺在牆邊被拿來當成書桌的餐桌，但主角是正在改著考卷的趙君諾。

怎麼想都很不合理。

「你為什麼沒事跑來我家改考卷？」

「不是沒事，這個週末必須把考卷全部改完還要登記成績，某種層面來說我很忙。」一邊回答趙君諾的右手也沒有停下，他帶的班級總共有七班，加總起來的份量讓他沒有太多分心的餘裕，「最近我媽只要一看到我就想超渡我，品叡也是不放棄吵著要認識白梅，到學校也很麻煩，畢竟上次某個人演出的場景太震撼，讓我成為全校師生的八卦中心，綜合考慮後，我得出這裡是最適合的地方。」

某個人。

這種明明指著人家鼻子卻又迂迴的說法真刺耳。

「你沒朋友了嗎？」

「所以我在這裡了。」

什麼意思？

這裡誰是他朋友了？

蘇芸陌瞇起眼轉向身旁的小萌，沒錯，剛剛她洗完臉踏出浴室就看見趙君諾提著帆布袋走進客廳的場景，就算小萌一臉傲嬌也改變不了他讓人進門的事實。

「小萌你什麼時候跟他變成朋友了？」

「剛剛他說『我找陌陌』，關我什麼事？」

「上次他讓我開門的時候明明說的是『我找小萌』！」

蘇芸陌和小萌陷入了大眼瞪小眼的僵局，一旁正改著考卷的趙君諾會心地泛開笑容，無論是哪一方，只要其中一個人不願意放行，他就絕對不會踏進這裡，更別說還安然地進行著工作。

從那天起，不只他和蘇芸陌的關係產生了微妙的質變，和小萌之間也是，彷彿三個人正在尋找一個最安穩的平衡；於是趙君諾開始踏進她和他的生活、以及世界。

以最直接的方式讓他們瞭解並且接受，趙君諾的存在不會擾亂他們世界的秩序，也不會扯開她和他交握的手。

他想，所謂的愛情從來沒有特定的樣貌，也許他總是以清淡如水的方式去給出自己的感情，然而人呢，在經歷過許許多多的顏色與味道之後，或許最終要的也不過就是一杯簡單的清水。

如此而已。

只是大多數的人，捧著水喝著喝著，無論起先感到多麼清甜甘口，逐漸也會貪想著各種味道，望著他人杯中的甜膩或者苦澀，嗅聞著那諸多飄送而來的氣味，慢慢萌生了怨懟；他始終是相同的，但或許正是這份相同，讓人總是感覺不足夠。

然而趙君諾有一種強烈的直覺，他明白，蘇芸陌並不屬於那些多數之中，水就夠了，其他的味道喝久了會膩，他總能想像她輕蹙著眉帶有些許麻煩的表情這樣說著。

這樣、就夠了。

或許小萌正是因為太過明白這一點，才一動也不動地站在固定的距離陪著她，想支撐著她卻又不願意成為她的負累。

「你對陌陌抱持著的，是什麼樣的感情？」

趙君諾曾經這麼直截了當地朝小萌拋出問號，他並非想定位小萌，越靠越近之後他開始明白，人的關係緊密到了某種程度後就再也無法定位，如同蘇芸陌總是用著清澈的口吻毫無考慮的說著「因為是小萌啊」，簡單的一句話但其中涵藏的意義卻沒辦法完全被說明。

然而小萌的心思卻決定了他所承受的重量。

或許，趙君諾想，他的存在本身便足以成為小萌的傷害。

「我怎麼想，跟你要怎麼對待陌陌有關係嗎？」

「沒有。」趙君諾果斷地回答，「只是我說過，你是陌陌心底最重要的部分，所以你勢必會成為對我而言重要的部分，再說，扣除陌陌的因素，單就小萌這個存在，我也還是在乎的。」

「想連我一起攻略嗎？」

「不好嗎？」

「作夢。」

趙君諾不禁揚起唇角，看著刻意擺出鄙夷表情的漂亮少年，傲嬌，這個詞大概是用在這裡的；慢慢相處後越能感受到蘇芸陌和小萌的單純與可愛，他們之所以費力築起城牆，或許就是由於清澈的靈魂無法承受這個世界的混濁吧。

冷漠是她和他築起的牆，不要去在乎也不要去擁有，但在趙君諾面前蘇芸陌和小萌有著各式各樣的表情，大概，就像平時不多話甚至被貼上冷淡標籤的他，面對他們時卻完全是另一種樣貌吧。

「你還沒回答我。」

「我是喜歡陌陌，但我一輩子都不會踏進那個位置。」

「為什麼？」

「陌陌需要一個和她相依為命的人，她需要一個無論如何都不會離開她的人，所以我和她之間不能存在著愛情，但我不期望你明白這些，你只要考慮陌陌就好。」

「我沒辦法答應你這一點。」他以堅定的口吻清晰的說著，「當然我會考慮陌陌，但我也會考慮自己、考慮你，以及考慮我所在乎的一切，對我而言這就是生活，而這也才是我的生活。」

「隨便你，反正，只要你讓陌陌受到任何傷害，我不會放過你。」

「這我也不能保證。」

「什麼？」

「我不會擋在她的面前，而是站在她的身邊，她必須自己去承受所有可能，無論是好的、或者壞的，假使她在這過程中受了傷，我會陪著她一起療傷，一起接受傷口所留下的疤痕；我要給陌陌的，是這樣的感情，也是這樣的關係。」

小萌只給了他一個冷哼。卻像移了幾步將整個路口都讓了出來一樣，於是趙君諾逐漸涉入他們的日常，偶爾和蘇芸陌一起遛狗，偶爾三個人圍著桌子吃晚餐，有更多的偶爾像現在這樣，三個人各自從事著自己手邊的事務，卻能具切感受到彼此的溫暖。

趙君諾想，這其實是很簡單的一件事，例如他媽媽給他的日常一直都是如此，但他也明白人其實盼望的就是如此簡單的一切。

「陌陌今天沒事嗎？」

「想做什麼？」

蘇芸陌無聊地翻著小萌看到一半的小說，小萌剛剛出門打工了，留下她和專心改著考卷的趙君諾；其實她不太清楚該怎麼定義她和趙君諾的關係，只是感覺待在他身邊很安穩，世界不會產生太大的動盪，更重要的是，她開始希望能待在有趙君諾的世界裡頭。

把一個人放進心底就是這樣嗎？

蘇芸陌最近一直在思索這個問題。

「介紹妳一個打工。」

「說吧。」

「紅筆給妳。」趙君諾遞出一疊考卷，以及另一張正確答案，「計算題留著我改就好，其他就交給妳了。」

「工資呢？」

「會給妳的。」

「不管，先給。」

蘇芸陌瞇起眼盯著他，這傢伙上次讓她幫忙製作教材，花了一整個下午才換來兩個甜甜圈，簡直就是剝削，同樣的當她才不會上兩次。

「也是可以。」

趙君諾站起身，走了兩步移動到蘇芸陌面前，彎下身，以極近的距離露出不知道從哪裡學來的妖孽笑容，最後毫無預警地將唇貼上她的。

熱熱燙燙的。

「有沒有賺到的感覺？」

「你媽知道你是這種不付薪水的人嗎？」

「小萌知道妳是這種一點動搖都不給的人嗎？」

蘇芸陌搖了搖頭。

伸手拉住趙君諾的右手，讓他的掌心貼放在她的胸口上。

「我的心臟跳動的速度超出正常狀況的範疇，我想，這應該就是定義上的動搖，只是我還不確定動搖的理由，所以沒辦法決定我的表情。」

「不去定義不行嗎？」

「那是很危險的，隨心所欲這種事，一旦有任何反饋都會直接撞擊在心臟上，我、還沒做好這種預備。」

「我明白了。」趙君諾安靜地說著，「我還是會照著我的步調往前走，等妳決定好方向和速度之後，請務必告訴我。」

蘇芸陌點了頭。

「還有——」

「嗯？」

「對於你總是能流暢地做出某些極具侵略性的動作、或者說出挑逗意味十足的話語我感到相當佩服，但以墨老師的身分我還是必須不厭其煩地給你相同的忠告，你應該設法處理你的臉紅，因為這跟你試圖展現的設定有所衝突。」

「我會盡力。」

「但是，」蘇芸陌微微皺起眉，用空著的那隻手熨貼上他熱燙的臉頰，「以蘇芸陌的身分來看，我比較喜歡會臉紅的趙君諾。」

「陌陌——」

蘇芸陌的呼吸極為輕緩，卻仍舊讓屬於趙君諾的氣味滲入了胸腔，那是一種清爽的沐浴乳香味，隱隱約約，卻包覆住了她的感情；偶爾她會想起趙君諾，思考，或者思念，她不是很肯定，畢竟她已經離那諸多的一切都太遠太遠了。

只是，假使是趙君諾的話，或許能夠像這樣往前走也說不定。

最近她開始產生了這樣的念頭。

然後蘇芸陌的指尖彷彿又碰觸到某種期望，在那樣的路途上，或許放著可以被稱為答案的存在吧。

「隨心所欲這種事真的非常危險。」

「所以，現在的妳正在想些什麼呢？」

「你真的做好得到答案的心理準備了嗎？」

「這不是我能肯定回答的提問。」

蘇芸陌毫無掩飾地望進他的雙眼。

長長的睫毛染著細微的顫抖。

停在原地是看不到前方的。

所以人們，總是必須以各種方式推移著自己的腳步，往前，才能離對方更近一些，也才能透過逐漸完整的對方拼湊自己。

這次，讓我稍微朝你走近一點吧。

「趙君諾，」她說，刻意將語調放得極軟，「你、想吻我嗎？」

□

男人是禁不起挑逗的。

蘇芸陌相當清楚這一點，但她確實沒有料想到一向冷靜又聰明的趙君諾居然也屬於耐受力差的那一邊，明明幾分鐘前還狀似霸氣地親了她，卻承受不住她的詢問，整個人像是理智斷線一樣，居然就這樣逃了。

逃跑。

在她看來大概就是這麼一回事。

「不過一般來說承受不住挑逗的狀況應該是直接被誘惑才是，選擇逃跑實在太不符合邏輯了。」

趙君諾總是踩在她的預想之外。

真討厭。

蘇芸陌提著裝了七八張考卷的紙袋一邊踢著石頭一邊往前走，剛才趙君諾慌張地說他先回家一趟，承諾過不會說謊的他當然給不出具體的理由，只說了晚餐前會再過來；但沒隔多久蘇芸陌卻開始覺得無聊，彷彿客廳裡多了一個沒填滿的空位一樣，讓人感到微微的寂寞在體內發酵。

寂寞。

她以前一直很寂寞，無論如何努力仍舊填補不了心中的空蕩，後來她終於明白，所謂的寂寞並不是由於她的孤獨，也不是因為她的不被接受，而是她希望得到某些什麼，卻始終得不到那些她所冀望的事物。

那麼，趙君諾成為她的盼望了嗎？

「白梅……所以我要開花了嗎？」

街邊的胖花貓喵了一聲，又打了個大大的呵欠，彷彿蘇芸陌的一切疑惑與猶疑在牠眼底不過就是一份屬於人類的無聊。無聊。她想著，偶爾她會告訴上門諮詢的客戶「放下思慮、靜靜地感受內在的聲音，人所追尋的答案十之八九都在自己身上」，大概就像人嗤笑著追著尾巴跑的小狗一樣，嘿、停下來扭著腰就能碰到了啊，但人不也一樣老是繞著自己那無形尾巴拚命原地轉圈。

不要擋住自己的感情。

安靜地。

看著自己。

蘇芸陌站在某個店家的櫥窗外，擦得晶亮的玻璃清楚倒映著她的身影，沒有任何表情，她試著咧開唇角，真可愛，她記得趙君諾某次突然這麼發表感想；

蘇芸陌抬手貼上自己的胸口，有點快，她有些不安卻又有些釋然。

「開花了。」

蘇芸陌嘟起嘴。

朝著櫥窗上的身影扮了個鬼臉。

「我算得果然很準。」

主動去灌溉，白梅總有機會萌芽盛開的。

「我給的建議也很有用。」

看來，只要個幾杯咖啡和幾盒甜甜圈還是太客氣了。

蘇芸陌拉了拉肩上的背帶，嘴角泛著輕淺的微笑，胖花貓早就已經睡著了，她旋身再度踏上路途，筆直的往趙君諾住處走去。

「小萌果然沒有說實話。」

她偏著頭想著，並不是一個人把另一個人放進心裡，而是一個人願意讓另一個人走進心裡，細微的差異卻是決定性的。

很小的時候蘇芸陌始終扮演著各種符合他人期望的角色，爸爸希望她安靜乖巧不索求任何關愛，於是她抱著玩偶獨自等著爸爸偶爾的歸來；奶奶希望她如影子一般不惹眼，甚至還惡意的期待她沾染上悲慘的氣味，所以她偶爾會蓄意挑弄同齡的孩子讓自己被欺負；小叔叔希望她是貼心聽話的小女孩，於是她拚命套上小嬸嬸喜愛的「女兒框架」……

但這所有所有的一切，都是假的，都是謊言，他們要的都只是一個想像中的玩偶，正如同小嬸嬸終於懷孕之後，穿著女兒服裝的玩偶就沒有用處了。

他們，從來沒有朝著蘇芸陌把心打開，無論她如何拚命，都找不到踏進的入口，在年少的蘇芸陌記憶當中，她看見的，總是一堵灰黑色的高牆。

當然往後也有許多人給了她鑰匙，但蘇芸陌已經失卻了想開門的心情，甚至連小萌，起初也只是在他眼底瞥見與自己類似的絕望，才不自覺地問出「要跟我回家嗎」，比起相互接受她和他更近似相互取暖；儘管現在小萌所處的位置已經不同，卻還是不一樣，因為她跟小萌，在某種層面上還是不對等的。

只要她還待在原地，小萌就沒有離開的可能性。

「人果然有各式各樣不得不往前走的理由啊……」蘇芸陌撥了撥瀏海，也不知道是想把頭髮撥順還是弄得更亂，「不過感覺不討厭吶。」

也可能，是由於前方的景色裡站著一個帶著溫暖光芒的人也說不定。

□

「那傢伙應該可以相信。」

「小萌這麼說，是因為察覺我並不抗拒他的接近，所以希望我藉由他跨往有著其他人的世界嗎？」

「不是，因為顏色。」

「他是什麼顏色？」

「一種很溫暖的顏色，雖然不透明，也不絢麗，但透著很溫柔的光芒，我想，這種人不會傷害別人。」

「小萌一開始就看見了嗎？」

「嗯。第一次見面的時候就看見了。」

「所以才讓他來公園找我嗎？」

「我不想回答。」

「小萌。」

「嗯？」

「雖然我什麼也看不見，但是我想，小萌的身上一定也透著很漂亮的光芒，跟你的外表沒有關係，單純是來自於你的內部。」

「那時候是騙我的吧。」

「什麼時候？」

「把我撿回家的時候，妳說，因為我長得很漂亮，感覺會是很可愛的寵物。」

「我明明是說，我們長得很像，所以你就當我弟弟吧。」

「那是後來的事了，不要擅自替換自己的記憶，但是不管是哪一個理由都無所謂，不管是適合當可愛的寵物，或是和陌陌長得像的弟弟，妳總是隱隱透露著，留我在妳身邊單純是由於我的長相……我想妳一開始就察覺了吧，我真的很討厭自己的長相，真的很討厭，所以才像這樣有意無意的讓我知道，我其實是因為這張臉而得救的，不過，我其實很清楚，陌陌一開始看見的，是我眼底的絕望吧。」

「太久以前的事我記不住了，但是小萌現在的眼睛裡面沒有這種東西。」

「嗯，所以才能看見更多風景。」

「然後小萌的世界的顏色也會越來越多吧，雖然過去的混濁沒辦法被掩蓋，但世界大概就是這樣，你盯著影子，就什麼也看不見，不過就算知道就算一旋身就能迎向光，卻連那種力氣也沒有，而且，要抬眼面向光，也是需要勇氣的。」

「陌陌，去照鏡子把這段話對自己說吧，順便把所有墨老師對人的開解都對自己說一遍吧。」

「就是明知道卻做不到才是人吧。」

「果然是神棍。」

「有靈感的是小萌啊，我是有專業心理背景的墨老師。」

「總之，趙君諾那傢伙，如果不討厭就這樣下去吧，如果，我是說如果，最後的結果和期望不同的話，我也還是在這裡，就算回頭也不會是空無一人的荒蕪。」

「我不喜歡荒蕪這個詞，這樣一來，在我往前走的時候，小萌不就是一個人孤零零站在荒蕪的中央目視著我的遠離嗎？所以小萌，我們就手牽著手一起往前走吧。」

「待在妳和趙君諾的戀愛關係裡頭嗎？想想就討厭。」

「戀愛。小萌說這兩個字的時候樣子真可愛，不過一般人對兩個人之間關係的定義總是太侷限了，每個人都有不同面向的延伸，小萌屬於我這邊的延伸啊，就像趙媽媽或者浮誇的鄭品叡都是趙君諾那邊的延伸，手拉著手圍起來的圓可以很小，也可以很大，這就是選擇吧。而且，小萌說得好像我一定就會跟趙君諾談起戀愛來一樣。」

「我說了是如果。」

「嗯，如果。」

蘇芸陌端坐在沙發正中央，場景簡直像是舞台聚光燈以最大亮度全力投射在身上一樣熾熱。

正前方是盡可能保持平靜的趙君諾，盡可能，是這樣沒錯，畢竟他的背後站著充滿躁動的趙媽媽以及鄭品叡。

大概是每個人的劇本上都畫了登場符號吧。

「謝謝妳專程替我送考卷過來。」

「趙老師真是太客氣了。」

兩個人的笑容和肢體都硬邦邦的，就算躲在廚房偷看的兩個人迎她入門時大概重複了一百次「隨意就好、隨意就好」以及「我們還有事要忙，不吵你們了」，但很明顯，那所謂「有事要忙」就是忙著偷看客廳裡的她和他。

考卷為什麼會落在蘇芸陌家裡呢？

所以說早上趙君諾人待在蘇芸陌家裡囉？

看這相親相愛的模樣兩個人是已經進展到打破曖昧的程度了是嗎？

那兩個人簡直不懂什麼叫做掩飾情緒。

趙君諾傾身向前，狀似無意但壓低了音量：「我等一下還會過去，不然妳也可以打電話給我。」

「我人都坐在這裡了，說這些話完全沒有意義。」

「是這樣沒錯。」

「真坦然呢，趙老師。」

坦然。

這兩個字有些意味深長，趙君諾似乎是回憶起了某些畫面，白皙的雙頰浮現可疑的紅暈，他故作自然地輕咳了聲。

「我知道剛剛那樣突然說要回家實在有點……」

「剛剛、怎麼樣了嗎？」

蘇芸陌是生氣了吧？

雖然表情平靜但絕對是生氣了吧！

「我們，出去散一下步怎麼樣？」

「坐在這裡說話不好嗎？」蘇芸陌將音量放大了些，揚起甜甜的微笑，「我們之間也沒什麼事需要遮遮掩掩的。」

或者逃跑。

唇語。

蘇芸陌的口型清楚到想當作看不懂都沒辦法。

「陌陌——」

「我來不是為了這個，你要拒絕或者逃跑都是你的選擇，但我也有我的選擇。」蘇芸陌斂下眼，掌心中捏著一絲緊張，「趙君諾，你給了我很多承諾，但我什麼都沒給過你，這種不對等的關係縱使開始也只會以傾斜的方式往下走，所以我來，是想修正角度的。」

「我不是很明白。」

但蘇芸陌沒有回應趙君諾，而是將視線轉向躲在後頭的趙媽媽以及鄭品叡，在兩個人還來不及拿出被發覺的困窘之前，她就先扔出了聲音。

「趙媽媽還有鄭先生，請過來坐吧。」

「我跟趙媽媽還有點事，正準備要出門，蘇小姐把注意力放在君諾身上就好，不用在意我們——」

「不、今天就是為了趙媽媽來的，不過既然你碰巧也在，就順便吧。」

什麼意思？

這種微妙的說話方式總讓人有種莫名的熟悉感，趙媽媽和鄭品叡不明就裡的往客廳走去，一左一右的在趙君諾身旁坐下。

「我有話要說。」

「陌陌──」

「跟你沒有關係，其實你可以先回房間繼續改考卷。」

趙君諾把話吞了回去，依照目前的狀況，很輕易就能明白蘇芸陌的打算，對於她往前一步採取了行動，趙君諾一邊感到開心卻又有著隱約的不安；於是他站起身，換了個位置，坐到了蘇芸陌旁邊。

「這邊比較適合我。」

這邊。

真是不高明的隱喻。

蘇芸陌決定忽略一旁的男人，不著痕跡地深深呼吸，望向趙媽媽時她的眼神不自覺一閃，她握緊雙手，沒有任何鋪陳便把話拋了出來。

「我是蘇芸陌，不過你們應該比較熟悉我另一個身分，」細微的停頓卡在她的聲音裡頭，「墨老師。」

沉默在她的句點之後開始蔓延。

對面的兩個人正以各自的速度盡可能地吞嚥並且消化她的話意，反應稍快一些的鄭品叡瞪大了雙眼，不可置信的來回望著蘇芸陌與趙君諾。

「是真的。」

給出肯定的是趙君諾。

下一瞬間他握住蘇芸陌的手，什麼也沒有多說，但什麼也沒有必要多說。

「墨老師……？」

「嗯。」

蘇芸陌注視著有些困惑的趙媽媽，其實她很清楚，以趙君諾的態度她的坦露與否對於她和他的關係並不會有太大的左右，但她內心深處有著隱約的害怕，不希望從趙媽媽的表情中讀到失望或者憤怒；或許，是趙媽媽的存在映現了她對於一個母親的想像與期望，因而讓她像個孩子一般不想讓趙媽媽感到失望。

她的母親也曾經用著如趙媽媽一般的溫柔神情凝望著她嗎？

蘇芸陌斂下眼，她明白，任何的揣想都不會讓現狀變得更好，也無法從那纏繞的想像當中得到冀望的答案；然而人總是如此，理解與接受，彷彿各自擱在線的兩邊，能夠將手平衡地搭在兩者之上的位置太過狹小並且有限。

從什麼時候開始覺得自己的「掩飾」逐漸接近「謊言」了呢？

她沒有做錯什麼事，扮演墨老師是她工作的一個部分，對誰都一樣。對誰都一樣。她又想了一次，大概從某個點開始就產生差異了，趙君諾，或者趙媽媽，已經跳出那些誰的框成為獨立的身影，於是就成了不一樣的人。

導致不一樣的結果。

這就是所謂的分歧點。

或者，岔路。

於是必須進行選擇。

每個人都必須舉起手中的牌子。蘇芸陌先拋出了手中的牌。接著是趙君諾。然後還有趙媽媽。小萌。鄭品叡。以及諸多諸多的人們。

她希望以乾淨而坦率的姿態重新站在這些人面前，並且緩慢地走進趙君諾的世界。

「君諾一開始就知道嗎？」

「嗯。」

趙媽媽沉默了一小段時間後輕輕點了頭，蘇芸陌不知道這期間她的腦中閃過了什麼，卻能感受到趙君諾的溫度與力量。

「為什麼是現在說呢？」

「因為之前覺得沒有必要，無論是蘇芸陌，或者墨老師，都沒有接受趙君諾感情的意思，所以透露越多只是將更多人牽扯進漩渦裡頭，倒不如保持原樣讓該歸位的各自歸位，這是我的判斷；只是我大概是高估了自己，一旦牽涉到自己的感情，無論是靈感或者理智都沒辦法發揮應有的程度，我算到了趙君諾的姻緣卻沒看見自己，當然，往後的每一步我也都看不見，儘管我有著墨老師的身分，但在他面前，我就只是一個普通的蘇芸陌而已。」

「所以，妳跟君諾……」

蘇芸陌輕輕搖頭。

她低下頭，視線落在趙君諾貼放在她手背上的手。

「我和他還在尋找一個適合的起點，所以我沒辦法回答這個問題。」

□

「合適的起點，是嗎？」

「這是我所能想到的最好的用詞了。」

「跟用詞沒有關係。」趙君諾唇邊銜著淺淺的笑，表情像是發現什麼令人愉快的秘密一樣，「陌陌想要給我一個開始了嗎？」

「所謂的開始，並不是由我個人意志能夠決定的事。」

「妳在規避我的問題。」

「既然能夠察覺我的迴避，那你就不應該繼續追問。」

「但有些事，是必須施加一點壓力給對方的。」

「趙老師的教學心得嗎？」

「可以這麼說。」他聳了聳肩，但旋即拉回話題，「試圖繞開話題對我也沒什麼用處。」

蘇芸陌皺起眉心，有些孩子氣的瞪著不打算放棄提問的趙君諾，她用力地踩了幾步，但除了給自己的膝蓋更大的震盪以外，動搖不了任何事物。

偶爾掙扎就是這麼一回事。

「我那時候的問題，是認真的。」

「哪一個問題？」

「問你想不想吻我的時候。」

蘇芸陌旋過身，視線定格在趙君諾俊朗清秀的臉龐，一抹紅暈又悄悄染上他的頰邊，她抬起手用冰涼的指尖輕觸了他發熱的臉頰，溫度的落差讓這一瞬間被以數倍的強度膨脹。

往後回想起來，大概會忽然發覺所謂的深刻其實只是一些細微末節，但也只有那些細小的什麼才能更加毫無遮擋地滲進最深最柔軟的核心吧。

「我是認真的。」蘇芸陌的語速非常慢，「這些日子以來，儘管我沒有任何阻擋，讓你能夠一步一步踏進我的生活，甚至靠近我的感情；但是我始終站在原地，等待，等著你朝我走來，可能也等著你轉身放棄，我不知道答案會是哪一邊，甚至不知道我想著的會是『幸好你抵達了』或者『果然你離去了』……我明白這是不行的，我必須做點什麼，但過去的我就是太過用力而耗盡了所有力氣和勇氣，這跟你沒有關係，但你所面對的我就是一個背負這些的人，我的一切考慮，都染著過去的影子……關於這一點，我很抱歉，只是我好不容易稍微和自己和解了，我想放過自己，也不希望以一副被過度擠壓的模樣站在你面前，所以我只能以一種近似試探的方式來定義我和你之間的關係……我想你對我的吻也是一種試探，我沒有拒絕，但我也沒有給出更多的東西，所以我想知道，如果我也朝你伸手的話，我和你之間會變成什麼模樣……」

我想要的總是不能得到。

蘇芸陌安靜地嚥下句末的延伸，貼附在她肌膚上名為過去的影子太過幽闇，縱使瞥見不遠處的明亮卻依然止不住靈魂的顫抖。人生。或許便是如此拖曳著長長的尾巴，無論多想斷尾求生，卻總是怕那一刀劃下的劇痛。

趙君諾往前走了一小步，以極其溫柔的姿態將她納進懷中，他知道蘇芸陌的靈魂有著許許多多的傷痕，在尚未結痂時就又添上新的血口，於是為了保護自己只能藏起柔軟的核心，拒絕，是最簡單明快的方式。

然而這樣的蘇芸陌正小心翼翼的朝他伸出手了。

她以她的方式努力朝他走來了。

「那我現在給妳回答還來得及嗎？」

「嗯。」

趙君諾傾下身，以無比溫柔和緩的姿態將熱燙的唇輕輕貼上她的，這不單單是一個吻，或許更近似於一種承諾或者一個回答。

在所有貪求的中心竟是包裹著一朵毫無所求的花苞。

她的指尖透著細微的顫抖，輕輕扯著他的衣襬，呼吸裡頭沾著屬於他的氣味與溫度，一個吻能給的就那麼多了。

但人要的，可能也就只是那麼多。

「陌陌，走得慢一點也沒關係，這樣反而能更深地記憶下沿途的風景，反正走著走著總會到的。」

「會走到哪裡呢？」

「大概得等到那一天才能知道吧。」

「趙君諾。」

「嗯？」

「白梅開了。」

「那麼等到時機合適了，就拿來釀酒吧。」

「我比較喜歡用來做點心。」

「釀酒好。」趙君諾低啞的笑聲震動著她的心尖，「不管放上幾十年、幾百年都不會壞，而且越陳越香，說不定還能當傳家之寶。」

「真貪心呢。」

「嗯，我也才發現，原來我是這麼貪心的一個人。」

□

嘿、你知道嗎？

陪你捱過漫長的冬日守著花季的到來，我以為自己想要剪下枝頭盛開的顏色，卻在迎來綻放之際我才恍然大悟，原來我的所有貪求不過是為了讓你能看到花開。

「這都是真的。」

蘇芸陌幾不可聞地嘆息，接著果斷地摘下架在鼻梁上的粗框眼鏡，略顯粗魯地拔下厚重髮片，從「墨老師」還原成「蘇芸陌」。

果然被感情動搖後判斷也跟著失準了。

向趙媽媽坦露其實是臨時起意，那天打著的主意本來是準備替趙君諾製造一些小小的困擾，但一見到趙媽媽又驚又喜的表情她就陷入某種混亂，最後牙一咬，想著反正白梅開都開了，就乾脆完全開放讓大家都來賞吧。

而趙媽媽的反應也比她預想的更沉穩理智，當下她就應該察覺到不對勁才是，沒道理一向感性又有點愛操心的人會在關鍵時刻表現得冷靜俐落，說到底，也就只是趙媽媽根本無法接受現實。

回過神之後還在趙君諾身旁繞著圈確認了不下三百次，隔了兩天終於鼓起勇氣找上門，大概是直到三分鐘前，她腦子裡轉的還是「君諾什麼時候跟品叡一樣愛開玩笑了」。

「墨……墨老師？」

「趙媽媽喊我陌陌吧。」蘇芸陌扯了扯嘴角，想了一轉又補了句，「君諾都這麼叫我。」

君諾。

果然是關鍵字。

「所以你們真的……？」

「其實也可以是假的啦。」

「不不不，真的，當然是真的！」趙媽媽終於完完全全接受了現實，有些激動地望向蘇芸陌，「我只是有點想不透而已，怎麼知道墨老師會是這麼年輕可愛的人呢，趙媽媽什麼意見都沒有，只要妳跟君諾覺得好就好，那，你們準備什麼時候結婚吶？」

結婚？

是直接從起點被抓起來拋往終點嗎？

「那個，趙媽媽，我跟君諾呢，才剛開始相處而已……」

「不是啊，上次那個阿寶也是沒幾個月就結婚了，老師妳不是說『人生偶爾就是要有決斷力』嗎？算起來妳跟君諾時間也差不多了嘛，而且妳不是說這是君諾的正緣嗎？既然都要相處，結婚後再相處也沒什麼不好啊……」

蘇芸陌扶著太陽穴，她是推想過以趙媽媽的個性理論上不會在「她是墨老師」這件事上大作文章，但眼前的積極模樣該說是出乎意料，還是難以預測呢……？

「趙媽媽。」蘇芸陌有些誇張地吸了一口氣，露出非常為難的表情，「妳也知道君諾的性子冷，面對感情溫溫吞吞的，就算對他說我是正緣，他大概也會說『既然是正緣那麼慢慢下去也是會修成正果』，唉，我一向是順應天命，但君諾對於命運似乎不是那麼……相信呢。」

通通推回去給趙君諾吧。

連交往都稱不上就進展到結婚？

蘇芸陌作勢想推眼鏡卻發現臉上空空如也，只好作態地撥了撥頭髮，看著眼前也跟著流露出苦惱表情的趙媽媽，她的胸口忽然感覺到一股微溫，很普通很簡單甚至有點讓人心煩的日常，卻成為一種她正踏踏實實地往前走的證明。

曾經她想過「為什麼那樣簡單的日常她卻得不到」，然而走過那樣漫長的一段路途之後蘇芸陌稍微明白了某些什麼，或許，正因為簡單，而更難以得到。

「妳不用擔心，君諾那邊有我——」

「趙媽媽。」蘇芸陌淺淺地揚起笑，加重了語氣，「因為是趙君諾，所以我不擔心。」

「可是我擔心啊……」

「趙媽媽，很多事局外人無論多麼擔心都沒有用的。」蘇芸陌感同身受一般點著頭，嘆了口氣，「我呢，會盡力的，不過這姻緣呢，也不是我單方面往前就有用處……不然這樣吧，暫時我們就觀望一陣子，總也得看看君諾的態度才好拿出對策啊。」

「是這樣沒錯。」

蘇芸陌緩慢站起身，以一種隱微的方式盡可能地鋪張出「談話就到這裡囉」的氛圍，而容易被渲染的趙媽媽果不其然也跟著站起身，一步一步被引導到門邊。

「我會盡力。」

「君諾就拜託妳了。」

她懇切地點頭，動用所有臉部肌肉來強調自己的誠懇，終於在一陣僵持之後趙媽媽帶著些許安心轉身離去，而蘇芸陌半虛脫地靠在門邊，抬頭卻迎上小萌似笑非笑的臉。

幸災樂禍的傢伙。

「很快就輪到你了。」

「關我什麼事？」

「看不出來他們家的人都是過度愛屋及烏的類型嗎？」

小萌冷哼了聲。

卻不由得望向趙媽媽離去的方向。

「陌陌。」

「嗯？」

「這個世界說不定沒有那麼糟糕。」

「不，這個世界還是很糟糕的，我看不出有變好的跡象，但在這樣糟糕的世界裡，能遇到一個願意對自己好的人，那真的是一件非常幸運的事。」

「是嘛。」

「很久以前我恰巧碰上了一份幸運，」蘇芸陌沒有抬頭，唇邊卻泛著溫柔的笑，「我想，一定是因為擁有了那份幸運，現在的我，才能擠出一點勇氣去面對這個糟糕的世界吧。」

然後有一天，她也能夠成為某個人世界裡美好的那個部分吧。

15

「為什麼這傢伙又在我們家？」

「我去打工了。」

「明明你今天沒有排班。」

「家教。」小萌皺了皺鼻子，「客廳那傢伙擅自幫我接的，說是上次『不小心』看到我們的存摺之後，感到非、常、憂、心。」

小萌現在是在迂迴的提醒她「這一切都是妳把酬勞退還給鄭品叡造成的」嗎？

她決定當作不是。

「路上小心。」

蘇芸陌臉上掛著討好的甜美笑容倚在門邊送著小萌出門，直到小萌修長的背影完全躍出視野才關上門，但才一轉身卻又對上一雙意味深長的黑眸，她撇開頭假裝什麼都沒有看見。

但趙君諾當然不打算放過她。

「聽說妳昨天去聯誼了。」

「什麼？」

「只隔一步距離還收訊不良的話，」趙君諾彎下身，另一隻手在蘇芸陌反應之前先箝制住她，「這麼近應該聽得清楚了吧。」

小萌這個叛徒。

她露出無辜可愛的甜美笑容，還非常可恥的嘟起嘴，長長的睫毛搧啊搧的，幾乎把所有概念裡跟可愛扯得上的動作都翻出來了。

「白薇說那家餐廳的布朗尼超好吃的，錯過絕對會遭天譴，你知道，我不能逆天而行。」

「不知道布朗尼是不是真的那麼好吃吶。」

下一秒鐘趙君諾的唇就貼上她的，停留得非常短暫，並不是調情也沒有想勾起什麼的意思，這些日子他時常這麼做，無論是牽手或者擁抱，像是融入日常一樣，簡簡單單的。

趙君諾不知道和小萌達成什麼協議，最討厭別人碰觸的小萌居然能容許趙君諾三不五時的揉頭或搭肩，雖然臉色一如既往的難看，但蘇芸陌比誰都清楚，那不過就是傲嬌少年的傲嬌表現罷了。

「我怎麼吃不出什麼味道呢？」

「你媽知道你在別人家欺負別人嗎？」

「陌陌又不是別人。」趙君諾忽然笑了，眼尾透著一種壞心，「不過如果妳想讓我媽知道，我不會反對。」

想走妖孽路線嗎？

蘇芸陌瞇起眼，就算她現在被捏著小尾巴但也不意味著趙君諾就是主人，她仰起頭讓自己呼吸的熱氣若有似無地刷過他的鼻尖。

「那我要做些什麼你才會原諒我呢？」

趙君諾想拉起身子往後退，卻先被她扯住了衣襟，蘇芸陌的唇輕輕刷過他的頰邊，熱熱燙燙的，指尖極度不安分地遊走在趙君諾的胸口。

「君諾……」

趙君諾抓住她的手，以一種沾染著慌張的姿態輕巧地推開她，拋下「我去洗手間」後就轉身往浴室跑，只在蘇芸陌的手背留下他的餘溫。

真沒用。

但她卻想起曾經和趙君諾的對話。

「為什麼總是逃跑？」

「因為知道妳只是在鬧著玩。」

「那就順水推舟不是更好。」

「不好。只要妳沒有那種心思都不好。」

「你指的……是什麼心思？」

「什麼？」

「我們君諾的小腦袋裡究竟在想些什麼呢？」

「什麼都沒想。」

蘇芸陌忍不住笑了出來，她碰了碰自己的臉，最近笑的次數好像越來越多了，但她的日常並沒有太大的改變，她想，也許是內部有些什麼慢慢不同了。

然後世界的顏色也就不一樣了吧。

她踱著步走向浴室，沒有敲門而是將臉貼放在微涼的門板上，她聽見趙君諾在裡頭來回走動的聲響，即使看不見，即使在另一端，卻仍舊讓人非常安心。

「嘿、趙君諾。」

「我等一下就出去。」

「沒關係，像現在這樣和你說話也很好。」蘇芸陌閉上眼，門的另一端安靜了下來，但她還是不害怕，因為她知道，那一邊並不是荒蕪一片，「我只是想跟你說謝謝。」

「為什麼要說謝謝？」

「因為你來到我的世界了。」

「陌陌。」趙君諾的嗓音有些低啞，「我從來沒有等待花開，但看見白梅盛開之後卻想長長久久的延續那份燦爛，妳說，這樣的我是不是太貪心了？」

門被緩緩拉開了。

狀似遙遠的世界兩端或許不過是隔著一扇門罷了。

只要一個動作，你就能來到我的面前。

於是我和你便踏進了相同的世界。

「趙君諾，你、想吻我嗎？」

後記

之一

「不，這個世界還是很糟糕的，我看不出有變好的跡象，但在這樣糟糕的世界裡，能遇到一個願意對自己好的人，那真的是一件非常幸運的事。」

這是陌陌對小萌說的話。

大概，也能說是整篇故事中最重要的核心吧。

一個人看待世界的眼光理所當然跟隨著她的經歷，我並不想特別去討論陌陌的過去，佔上的篇幅也稱不上多，但在建構「蘇芸陌」這個角色時我的心理狀態始終是相當沉重的；在我遭遇過的人們裡頭，曾經有好幾個人以很平淡的口吻告訴我「對世界我一點期待也沒有」，那不是試圖標新立異，也不是刻意以極端的內容來展現自己，他們確確實實是那樣想的。

正因為理所當然的如此看待著世界，才更讓人心疼得無以復加。

也許，故事的起點就從這裡開始，從蘇芸陌遇上一個生活過得平凡順遂的趙君諾開始，讓兩個世界緩慢碰觸，卻並不是想把對方拉到自己這邊，而是彼此都試著往前找尋一個平穩的重疊地帶，陌陌所面臨的世界並沒有太大的改變，然而她的內心深處卻產生了重大的質變。

所有的事物都能從一點開始崩壞，那麼也就能從一點開始重新復甦。

可能在多數人眼底如此的期盼終究是過於樂觀了，但我卻深深盼望著那些諸多的人們都能找到自己足以安置喘息的位置，在這麼糟糕的世界裡頭，總會有屬於自己的一道日光的。

之一

在這則故事之前我休息了很長一段時間，說不上休養也跟養精蓄銳或者尋找題材一點關係也沒有，單純就是提不起勁，儘管偶爾會對著錢包或存摺發愁，也寧可花時間去計算自己的收支是否能平衡，卻完全沒有好好工作的心思，每日最大的活動大概就是讀書和準備三餐，日復一日。

回到故事前的理由是小萌。

本來想寫的是他的故事，主線大概是陌陌和他相依為命然後成為彼此最重要的存在，只是我才寫了幾行就陷入深度的猶豫，我害怕這成為一則隱喻「只有同類才能相互取暖」的故事，也害怕將兩個人的互相依存卡進狹隘的愛情當中，最後反而讓小萌成了最不可或缺的男配角了。

總感覺必須將這一點說出來，畢竟，小萌到底是整個故事裡最讓人心疼的人。

花開之時，請留步

We Decided to Love

Sophia 作品集 08

國家圖書館出版品預行編目資料
花開之時，請留步／Sophia 著．
—初版.—臺北市：春天出版國際, 2017.01
面；公分.—（Sophia作品集；08）
ISBN 978-986-94127-1-1（平裝）
857.7　　105023605

版權所有・翻印必究
本書如有缺頁破損，敬請寄回更換，謝謝。
ISBN 978-986-94127-1-1
Printed in Taiwan
All rights reserved.

作　者　Sophia
封面設計　克里斯
內頁編排　三石設計
總編輯　莊宜勳
企劃主編　鍾靈
責任編輯　黃郁潔、牛世竣

出版者　春天出版國際文化有限公司
地　址　台北市信義區信義路四段458號3樓
電　話　02-7718-0898
傳　真　02-7718-2388
E－mail　frank.spring@msa.hinet.net
網　址　http://www.bookspring.com.tw
部落格　http://blog.pixnet.net/bookspring
郵政帳號　19705538
戶　名　春天出版國際文化有限公司
法律顧問　蕭顯忠律師事務所
出版日期　二〇一七年一月初版
定　價　180元

總經銷　楨德圖書事業有限公司
地　址　新北市新店區寶興路45巷6弄6號5樓
電　話　02-8919-3186
傳　真　02-8914-5524